철탑에 집을 지은 새

동인시 5

철탑에 집을 지은 새

인쇄 · 2018년 7월 5일 | 발행 · 2018년 7월 10일

지은이 · 한국작가회의 자유실천위원회(2016~2017)
펴낸이 · 한봉숙
펴낸곳 · 푸른사상사

주간 · 맹문재 | 편집 · 지순이 | 교정 · 김수란
등록 · 1999년 7월 8일 제2-2876호
주소 · 경기도 파주시 회동길 337-16(서패동 470-6)
대표전화 · 031) 955-9111(2) | 팩시밀리 · 031) 955-9114
이메일 · prun21c@hanmail.net
홈페이지 · http://www.prun21c.com

ⓒ 한국작가회의 자유실천위원회(2016-2017), 2018

ISBN 979-11-308-1353-0 03810

값 10,000원

철탑에 집을 지은 새

한국작가회의 자유실천위원회(2016~2017)

푸른사상
PRUNSASANG

자부하는 깃발

　2018년 2월 9일 오후 6시, 한국작가회의 자유실천위원회 위원들이 광화문광장의 이순신 장군 동상 옆으로 모였다. 새로운 집행부가 구성됨에 따라 그동안의 활동을 마무리하려고 기념사진 한 장 찍고 저녁 식사를 하기 위해서였다.

　광장에 들어서자 재작년 가을부터 작년 봄까지 대통령 퇴진을 요구했던 촛불집회 장면이 떠올랐다. 전국에서 모여든 사람들, 깃발들, 촛불들, 각종 인쇄물, 다양한 악기들, 함성들……. 자유실천위원회는 이순신 장군 동상 옆에 상시 캠프를 치고 23차례의 촛불집회며 다양한 행사를 주도적으로 이끌었다. 그리하여 민주주의와 국민 주권의 회복을 마침내 이루어냈다.

　대통령 탄핵이 결정된 뒤 광화문광장에서 손에 손을 잡고 대한민국 만세! 민주주의 만세! 한국작가회의 만세! 자유실천위원회 만세! 그리고 참여한 사람들의 이름을 부르며 만세를 불렀던 순간이 떠올랐다. 다시 불러보고 싶기까지 했다.

　그렇지만 우리가 모인 바로 옆에 세월호 참사로 희생당한 영령들을 모신 빈소가 여전히 차려져 있어 가슴이 아팠다. 자유실천위원회는 2016년 8월 16일부터 9월 30일까지 45일간 정부의 세월호 특별조사위원회 조사 활동 보장과 국회의 세월호 특별법 개정을 위한 동조 단식을 진행했다. 비록 정부와 여당의 끈질긴 방해로 우리의 목적을 이루지는 못했지만, 이 일이 대통령 퇴진의 불씨가 된 것으로도 보여 의미가 크다고 생각한다.

이외에도 자유실천위원회는 한광호 열사 추모 문화제, 해고 노동자들의 복직 촉구 문화제, 친일 문인 기념 문학상 폐지 운동, 블랙리스트 사태 규탄 및 진상 요구, 제주 강정 생명평화 대행진, 사드 배치 반대 등 시대가 요구하는 현장에 적극적으로 참여했다. 들어야 할 깃발이 여전히 아직도 얼마나 많은가.

함께한 한국작가회의 자유실천위원회 위원들이 있기에 든든하다. 감사하다.

2018년 7월

맹문재

| 차례 |

| 차례 |

철탑에 집을 지은 새

시

왼쪽 바짓가랑이가 젖는다

공광규

소변 보고 오줌을 털면 왼쪽 바짓가랑이가 젖는다
왜 항상 왼쪽이지?
의식하고 털어도 왼쪽 가랑이가 자주 젖는다
군대 가기 전 돌팔이 의무병 출신 직장 선배한테
친구 둘과 한방에 누워 포경수술 받을 때
표피가 잘못 잘린 탓이다
촛불집회 마친 후 뒤풀이 술집에서
좌측이 자꾸 젖어서 나오는 나를 보고
선후배들은 천상 좌파라고 놀린다
거시기가 왼쪽으로 삐뚤어져
항상 왼쪽이 젖어 있으니 생리적 좌파라고 놀린다
난 좌파 아닌데, 아니다 그건 그럴 수도 ㅋㅋㅋ
그렇다면 내 포경수술 동기는
돌팔이 실수로 거시기가 우측으로 굽었으니
생리적 우파라고 놀림을 받고 있을까
친구는 지난 태극기 집회에 열심히 나갔을까
이젠 이런 시시한 것에도 가져다 붙이는 좌파
정직 투명 양심 공적 업무 이런 건 모르는
배임 횡령 근무 태만만 아는 말만 좌파 룸펜 좌파
친일문학상 심사와 수상을 하는
이름만 좌파 출판사 사장 좌파 출판사 편집위원
이런 깜박이 좌파 놈들 때문에

나는 놀림감이 되어도 싸다
이런 놈들 때문에 좌파 근수가 안 나간다
방금 화장실 가서 소변 보고 오줌을 털고 나왔는데
거시기가 좌측으로 굽은 걸 의식해서 흔들었는데도
왼쪽 바짓가랑이가 몇 방울 젖어 있다
이 생리적 좌파

길을 걷는다는 것

권미강

아무도 걷지 않은 길은 없다
길 잃은 노루 한 마리
긴 다리 껑충이며 뛰어갔거나
어미 따라 토끼 새끼 몇 마리
집으로 돌아갔거나
저보다 큰 양식들 등에 이고
개미들 기어갔거나
하물며 쇠똥구리 한 마리
똥 한 덩이 굴리며 가던 길이었으리

흔들리는 들꽃에도 손길 내주고
머문 산새에게도
고개 들어 눈길 보내는 일
낯선 바람 속으로 온전히 들어서는 일
걷는다는 것은
앞선 사람과 발을 맞춰도
그림자는 밟지 않는 일

아무도 걷지 않는 길은 없다.

나문재

권순자

파도 발굽에 채이며 맨몸으로
피는 풀
짠 기운 온몸 붉게 물들여도
버티는 풀들이 있다
삶의 개펄에서 밀리고 내동댕이쳐지는
풀들
흙탕물 밀어내며 고개 다시 드는 붉은 풀들
심장 고동 소리는 파도 소리에 자꾸 묻힌다

짠물에 간까지 졸아들다가
다시 햇살에 잠시 풀리다가

부정기적으로 간헐적으로
달빛에 쉬다가
다시 목숨을 위협하는 허기에 휩싸인다

뒷북을 치는 손짓들
뒷전으로 밀리는 목숨들

따가운 햇볕과 모진 바람에 견디는
빼곡한 배고픈 시간을 건너는

풀들의 하루가 너무 길다

빨갛게 몸이 타들어가는
지독한 외로움
드센 물살의 폭력에

짜디짠 몸으로 저항하는 풀
소금기 단단한 정신으로 이겨내리라
고단한 밤을 지나가리라

물살 빠져나가면
잔잔한 해풍에 한숨 쉬리라

얼마나 더 빼앗아야 행복하겠느냐

김경훈

옛날엔 빈대 잡자고 초가삼간 태우더니
이젠 벼룩의 간까지 내먹으려 하는구나

제주 4·3 때 주민들 학살하고 재산을 갉아먹더니
이제 해군기지라는 파괴의 굴삭기로 온 마을을 도륙하고
구상권이라는 강제의 채혈기로 주민들을 고사시키고 있다
그야말로 산 채로 살점 도려내고 생피를 말리고 있다

"차라리 강정 주민들을 다 죽이고, 강정마을 재산을 모두
가져가라!"
"무엇을 얼마나 더 빼앗아야 박근혜 정부와 해군은 행복
하겠느냐!"

제주 4·3 때처럼 창이나 칼보다는 차라리 총을 쏴서 죽
여달라고
이렇게 말려 죽이지 말고 아예 해군들이 대포라도 쏴서
죽이라고

주민들의 처절한 절규는 이지스함 굉음의 위용에 묻히고
해군은 마치 작전이라도 하듯이 주민들에게 선전포고를
했다

따져보자

너희에게 34억은 공사 비용의 단 0.1%도 안 되는 금액이
지만

우리 마을 재산 다 팔아도 마련할 수 없는 돈이다

우리가 과연 그 정도의 방해 활동을 했는지

우리가 과연 그 정도의 방해 활동밖에 안 했는지

다시 한 번 따져보자

무릇 국가는 국민의 생명과 재산을 보호함에 그 존재이
유가 있거늘

왜 이 양아치보다 못한 국가는 호시탐탐 국민을 노리고
있는지

왜 법과 원칙이라는 이름으로 약자인 국민만 옭죄고 있
는지

왜 국가가 폭력을 저지르고 국민들에게 그 죄를 뒤집어
씌우는지

왜 구하라는 국민들은 구하지 않고 국민들의 생명만 앗
아가는지

다시 한 번 더 따져보자
이런 것이 정부인가? 이런 것이 국가인가?
이따위 것이 국가라면 우리는 그따위 국민이 아니다

이제 존재의 이유가 사라진 그 권력을 내려놓아라
그렇지 않으면 우리가 임시 위임한 그 권력을
국민의 이름으로 다시 환수할 것이다
그때까지는,

더 이상 빼앗길 그 아무것도 없는 우리는 이 국가의 국
민이 아니다!

바람의 성지

얼기설기 엮은 비닐 천막 사이로 쾌활한
한숨이 안개처럼 삐져나오는 것이 보인다.
그만 지치고 싶을 때
그만 주저앉자고 무겁게 매어달리는
탄식을 애써 털어내는 웃음들.
6월 14일, 해고 농성 146일째
거리의 쪽잠 위에
몇 배수의 무게로 얹혀지는 막막한 생계
겨울을 등에 업은 바람은,
여름 골목을 떠나지 못한 채
후미진 농성장 인도 위를 점령하였다.
차마 떠나지 못하는 서슬 퍼런 바람
쉴 새 없이 천막 안을 기웃거린다.
어쩌면 그 바람은 투쟁의 배후
물러설 수 없는 교두보
쓰러지려는 어깨를 다부지게 일으켜 세우는
그곳은 바람의 성지
철옹성 같은 자본의 이기를
쉼 없이 두드리는 노동의 아픈 가슴이다.
바람아 기어이 그 벽을 허물어라
문자 해고라는 신개념 칼날을
노동자의 목에 들이대는
무례한 21세기 자본의 민낯을 고발하라.

딸꾹질 55
— 과제

김 명

영화 〈나쁜 나라〉 메인 예고편을 보는데
250개의 빈 책상이 놓인 교실 칠판마다
과제가 붙었다.

꼭,
돌아오기

텅 빈 공간을 가득 채운
간절한 저 외침

꼭,
돌아오기

온 세상이 노랗게 물든 지 600일

나쁜 나라에
풀리지 않는 과제가 있다

20161207 광화문 엘레지

김명신

우리는 걸었다
흘렀다
흘리었다
스몄다
섞였다
일어났다
구부려 앉았다
꾸부정했다
올라섰다
올라탔다
팔을 올렸다
팔을 높이 올렸다
멈췄다
아주 오래 멀리 멈췄다
질렀다
크고 멀리 외쳤다
노래였다
외침이었다
고함이었다
함성이었다
가리킴이었다
팔을 잡아주고 내려주었다

걸었다
아주 길고 동그랗고 두껍게 돌고 돌았다
맞섰다
아주 오래 맞서 온 몸을 들었다
어둠을 향한 4·16 횃불은 잘 탔다
우리의 울음은 활활 잘 탔고 잘 날았다
우리의 키는 하늘에 닿았다
우리의 목소리는 우렁찼다
흔들리는 것들은 흔들었고
차분한 것들은 곧았다
누구도 섣부르지 않았고 쉽게 주저앉지 않았다
마땅한 곳에서 묵묵한 몸짓이 바빴다
저마다의 표현으로 충분했다
누구 대신 무엇 대신이 아니었다
결국 사람이다
사람 사는 세상의 일이라서
약봉지를 건네고 고구마와 쑥떡과 파인애플식초와 물과
핫팩을 전했다
마음이 손이 말이 넘쳐흘렀다
우리는 그때마다 충분했다
광장은 생생했다
　－ 우리가 광장이다

– 우리가 촛불이다

　– 우리가 횃불이다

　– 우리가 나라다

　– 우리가 사람이다

　– 우리는 저항이다

　– 우리는 외침이다

　우리는 오래 걸었다

　간격 없는 차벽이 스스로 허물어지는 상상

　차 위의 방패가 하늘 뒤편으로 사라지는 상상

　저 푸른 집의 대문이 열리고　한 마리의 조류가 눈물방
울로 터지는 상상

　마침내 아무도 미친 권력은 부리지 않는 세상

　고요한 웅크림으로 보듬는 만민의 빛

　마침내 천막을 걷고 기지개를 활짝 펴고 각자의 일상으
로 돌아가는

　하염없이 걸으면 도착하고야 마는 그곳을.

울화

김명은

비닐하우스 안에 죽은 남자와 약통이 쓰러져 있었다
그는 잠수병을 앓으며 꽃을 키워 팔았다

마지막 꽃송이에게 그는 무슨 질문을 했던 것일까
물소리가 들려 바다 속 아이들을 찾아 떠난 것일까
상처 난 꽃잎이 어두워지고 그 꽃잎을 떼어내다
새벽 세 시 이상한 시간을 건너버린
그의 손에는 짙은 안개가 쥐여져 있었다

모든 의문의 죽음에는 뒤가 있다
뒷일을 부탁한다는 유서가 없어도

두상이 있거나 없거나 가슴 아래가 없는
흉상 같은 모니터가 쌓이고 나무는 나무로 두터워진다
문서와 유서는 내 고백이었던 의자의 잎맥과 일맥상통
할까
뒤를 캐야 한다 진실이 그 어떤 얼굴이라 해도
나는 볼을 쭈그러뜨리며 나무의 귀에 귀를 대본다
소설 지나 어김없이 불어오는 찬바람

뒤를 밝히지 않아서 여기다 여기까지 왔다
몸이 젖고 줄줄이 젖은 채 위험지대로

속도가 다르면 시간과 시계가 다르고
아침마다 자라던 나뭇잎이 분신하듯 붉다
침묵은 까맣게 탄 강화유리의 입을 막은 썬팅이다
빨간 의자에 앉아 있는 나를 일으킨다
마지막 등을 데우는 길의 순환, 광장이 환하다

까치

김명철

나는 어려서 까치를 좋아하기도 했고 뭣도 모르고 돌멩
이를 던져 용케 맞히기도 한 적이 있다

집 앞 길옆에 굳은 손바닥 같은 배과수원이 있다 저녁
늦게까지 아저씨의 까치 쫓는 소리가 서글프다 그의 큰아
들은 나이가 오십이 넘었는데 젊을 때에 교통사고로 식물
이 되었고 아주머니는 중풍을 앓고 있다

둘째 아들이 얼마 전에 약을 사러 무면허 운전을 하다가
단속에 걸려 글썽이며 나를 찾아왔다 나는 급한 원고를 미
뤄두고 탄원서를 써서 마을에 돌렸다

까치는 콩도 파먹고 팥도 파먹고 큰아들의 약값도 다 파
먹는다 내가 심은 땅콩은 싹이 세 개밖에 나오지 못했다
간혹 날아드는 까마귀들은 숫자도 많고 몸집도 더 큰데
까치들을 당해내지 못하고 매번 도망을 친다

처음 이사 왔을 때는 황금빛에서 장밋빛으로 변해가는
노을을 배경으로 집 앞 소나무에 집을 짓는 까치를 보고
황홀함에 마음이 저렸는데 지금은 또 저리도록 밉다

연명치료 중단을 고함

김연종

나는 죽음을 찬미하는 것이 아니다
목숨을 담보로
삶의 고통을 덜어내고자 함도 아니다
그저 마지막 길을 당당하게 걷고자 함이다
이제 모니터로는 남은 생을 기록할 수 없으니
내 몸에 부착된 고통의 계기판을 제거하고
가장 편안한 단추의 상복을 부탁한다
덩굴식물처럼 팔을 친친 감고 있는 링거줄
산소처럼 고요한 인공호흡기
울음 섞인 미음을 받아 삼키던 레빈튜브
충전이 바닥난 심장을 감시하느라
한시도 모눈종이의 눈금을 벗어나지 못한
심전도 모니터링을 모두 제거해주기 바란다
일체의 심폐소생술 또한 거부한다
사유의 파동이 사라진 육신의 신호음은
한낱 기계적 박동일 뿐이니
에피네피린과 도파민의 사용을 원치 않는다
기계의 호흡과 심박동은 이미 어긋났으니
심장마사지는 사양한다
썩은 육신을 인수해 갈 가족과
상한 영혼을 거두어 갈 신(神)과 조우의 시간,
내 죗값을 흥정하는 비굴한 모습을 원치 않으니

침대 주변을 말끔히 정리해주기 부탁한다
이제 종언을 고(告)하노니,
여태껏 밀린 치료비와 남은 죗값은
저당 잡힌 내 생의 이력서에 함께 청구해주기 바란다

단골집이 없어진다는 것은

세상에 하나뿐인 단골집 식당이 사라졌다
그 식당에 드나들던 사람들은
사소한 즐거움 하나를 잃어버렸다
약속을 잡지 않아도 그곳에 가면
낯익은 사람들을 만날 수 있어 좋았다

꾹꾹 눌러 담은 고봉밥과 맛깔 나는
된장찌개 내주던 할머니 백반집도 사라지고
알싸한 고향 바다 냄새를 토하며
한여름 허기를 달래주던 깡다리 집도 사라졌다
기막힌 국물로 국수를 말아주던
간판 없는 작은 식당도 사라진 지 오래다

더불어 사는 사람살이를 향기롭게 하던
작은 공간들이 그렇게 하나씩 사라지고 있다
구원과 위안은 미래의 원대한 것보다는
오늘의 작고 사소한 것들에게서 온다

단골집이 없어진다는 것은 대체할 수 없는
사소한 위안 하나가 사라진다는 것이다
그 동네 식당에 드나들던 사람들에게는
아름다운 한 시대가 저물어간다는 것이다
식당 하나 없어진다고 세상이 바뀔까

초량, 소녀 앞에 서다

김요아킴

밀봉된 역사가 천 번의 외침으로
물의 날, 단발머리 소녀로
환생하였다

맨발의 울음을 삼키고 별이 된
하얀 적삼들은 갈 곳을 몰라
늘 뒤꿈치를 들었다

숨소리조차 유배되는 이 땅의
조직적인 난청에, 항상
그림자는 낡고 야위었다

유일한 노랑나비만이
생을 건너뛸 날갯짓으로
곧잘 피어올랐다

현해탄이 몰고 오는 비릿한 바람은
소스라칠 듯 이곳, 초량의
붉은 깃발을 요동치게 했다

제국의 부활이 망령처럼 떠돌고
눈먼 자들의 맹신적 제의가

흉물스럽게 방치되곤 했다

그럴 때마다 방년(芳年)의 세월만큼
두 손을 꼭 쥔 채, 오롯이
시대의 화두를 정면으로 붙잡았다

불온한 왼쪽 어깨 위론, 이미
진실을 타진할 새 한 마리가
신에게 준비되었다

다만 비워놓은 옆자리엔
그때 그 소녀들이 흔들림 없이
배심원으로 앉아 있었다

서툰 사람들

김은경

날이 풀렸다는 예보에도 겹겹으로 외출하는 습관

겨울이 끝났으나 다음 계절이 없었다
봄은 장롱 안에서 소진돼가라고 그냥 두었다

보고 싶다는 말
아름답다는 말
미안하다는 말을 들으면
눈물이 나,

나는 기도했지
당신이 잃었으면 (눈을)
당신이 알았으면 (피를)
당신이 앓았으면 (비로소 사월을)

한때는 세상의 모든 병원을 무너뜨릴 꽃이,
꽃이 피고 있다고 믿었지

지금 이곳은 면도날로 저민 꽃잎 같은
모욕만이 무성하나니

울기 싫은데 매일 울기만 하는 사람처럼

죽기 싫은데 완전히 살아 있지는 못하는 환자처럼

고백에 서툴고
생활에 서툴고
셈에 서툰 사람으로 늙어가는 일

상복 입은 목련 나무 아래서
거무죽죽한 부표(浮標)를 줍는다

여보세요 여보세요
엄마 엄마 엄마……

빈 소라 껍데기 같은 허공에서 들려오는 먼먼 목소리

고양이처럼 잔뜩 몸을 웅크린 이가
비로소 파종하는 한 떨기
봄

어느 무정부주의자의 망명

김이하

지금 이곳은 누구의 나라인가
일제의 발톱이 움킨 매국의 계절에
손가락을 자르고˚ 떠나버린 조선의 사나이
없는 나라마저 팔아먹은 부정한 정부(政府)˚˚를 버리고
입을 다물고 행동으로 떨쳐 일어나˚˚˚
누를 수 없는 북받치는 정열을 한 자루 붓에 맡겨
민족의 심장을 쳐 움직˚˚˚˚인 사나이
그가 돌아올 수 없는 이곳은 누구의 나라인가
중국 땅, 연해주, 만주를 떠돌며 온몸으로 혁명을
민중의 혁명을 꿈꾸며
미리를 무찌르던 그의 손가락은 아홉 개
그러나 그가 고개를 꺾어야 할 나라는
오지 않았는가, 아직도 끝나지 않은 매국의 계절에
이제는 전쟁으로 두 동강 나고
결국은 한 동강마저 글로벌 자본에 목이 졸린 나라
그는 올 수 없는가, 민중의 굴레인
북곽(北郭)˚˚˚˚˚˚ 같은 정치와 법률과 윤리와 도덕과 종교
노예의 근성, 그 모든 것 다 버리고
오로지 민중이 주인인 무정부의 조선을 찾아 떠난 외길
매국의 주구(走狗)는 아직도 천지에 깔렸고
1936년 이후 한사코 혼으로 떠돌고 싶었던 사나이
태백산 같은 백골탑도 못 쌓고 쟁기도 녹이 슨 지금

그 혼은 아직도 멀리 계신가
어서 오시라, 그 한마디 구천에 뿌릴 수 없는
지금 이곳은 누구의 나라인가

* 단재 신채호의 조카가 수구파의 후손 홍어길과 결혼하려 하자 혈
연을 끊자고 손가락을 잘랐다.
** 미국의 위임 통치를 청원한 이승만을 거부하며 이렇게 말했다.
*** 다물 정신.
**** 단재 신채호의 『조선상고사』에 쓴 안재홍의 서문.
***** 박지원의 「호질(虎叱)」에 나오는 위선자.

매스미디어의 종언, 그리고……

김자현

　밤의 대통령이던 언론은 죽었네

　독재의 침소에 들었다 나온 불륜의 자궁들은

　세상을 향해 죄의 씨들을 퍼트렸네 돈신과 물신을 숭배

하는 흉악한

　것들인 줄 모르고 칼자루를 쥐여준 어린 국민들

　한때는, 개발이라는 머리띠를 두른 자본주의 표상 우쭐

거리다

　국고의 담장을 쥐처럼 갉아대다가

　재벌에게 앵벌이 하다가 들통날 때

　알프스 하늘 아래 금궤를 묻다가

　실정과 실책으로 툭하면 빨갱이를 들먹거렸지

　툭하면 북한 핑계를 대는, 영자(領者)의 꼬붕이 되었던

너희, 사이비 언론들!

　계약직 비정규직 이름도 화려한 아웃소싱 등으로

　탈바꿈한 임금 착취 앞에서도 온 국민은

　너희들이 쏟아낸 돌연변이들의 노예가 되었어

　무수한 불법의 아들과

　불평등과 부조리의 서자들을 수없이 낳을 때

　비리의 사촌을 영접하며 허공에 보이지 않는 계단을 만

들 때

　정의를 외치는 푸르른 영혼들을 잡아 자유를 결박하고

즉결 처분과 처형이 자행되고

젊고 늙은 노동자, 그들 아기들의 분유와 등록금과 삯
월세를 빼앗아

금의를 떨뜨리고

금수저와 금마로 바꾼 것들이 빅 브라더처럼

득의만면과 비아냥의 박자에 맞춰 춤을 추기 위해

척추가 불거지는 허약한 국민의 잔등에 올라서

거짓과 조작과 유언비어와 공작과 음모로 제3의 변종을
수없이 낳았네

독재와 무능과 탐욕, 시대의 악과 몸을 섞은 매스미디어
라는

정권의 창녀들은 검찰이라는 시녀들과

잘도 손을 잡았네 변종은 자라서 늑대와 하이에나 되어

우리 선한 국민들 눈을 가리고 청각을 마비시키고

영혼을 송두리째 빼앗아 갔네 구가하지 못하고

막다른 골목에 청춘을 삭발당한 젊은이들 흘러넘치는
거리에서

원흉의 허벅지에 올라앉아 나라를 상대로

선량한 국민을 상대로, 도둑질로 사기로 탄압으로

꽃제비보다 더 신출귀몰한 방법으로

벌어들인 현금을 세다가 던져주는 돈다발과 먹잇감에

헐떡이며 길들은 매스미디어
어둠의 세력이 된 불륜의 자식들 끝내는
몸통의 수염까지 끄드르며 밤의 대통령이 되었네
다양한 빛깔의 종북팔이
수를 셀 수 없는 이리 떼 정원이를 길러
삭도같이 날카로운 까치의 부리로 여론몰이의 제상을
차렸네
조율이시 소적 육적 대신 연예인, 스포츠맨 X파일
그리고 미필과 성추행 등
검은 장막 속에서 몇 달이고 숙성시킨 사건을 꺼내
포장하기, 욕하기, 물타기, 눈가리기, 얼빼기라는
치밀하고 정교한 도구로 너희는 손수 제물을 빚어 산 제
사를 드렸지 그리하여
전 국민을 얼떠리우스가 되게 했던 거머리 언론들!
펜은 검보다 강하다는 정론직필의 의무를 개뼉다귀로
던져버린 너희들!
정권과 종북 공장을 함께 운영했던 쓰레기 언론이여!

국민을 떡 주무르듯 주무르던 너희들에게
끝장나는 날이 다가왔네 세월호가 침몰하던 날의 아침에
너희도 침몰했음을
인양이 없는 황천으로 영원히 매장되었음을 모르느냐!

수백 명 우리 민족의 아들딸들을 수장시키고
두 손 놓고 앉은 채
종편 채널의 "전원 구조"라는 자막을 내어보내던 날의
기억을
영원히 잊지 못할 2014년 4월 16일이여!
그날에 오천만은 아니
세계인은 깊은 잠에서 깨어나
새로운 역사를 쓰기
시작했음을 깨닫지 못한 너희는 아직도
진실이라는 적자를 감금하고
거짓과 흑색선전의 갈보와 창부의 손자들을 퍼뜨리고
있더구나

그 많은 세월 거짓의 용춤을 추며
너희 간교의 입술로 오천만을 우롱하고, 얼마나
많은 수의 선량을 희생시켰는지 아느냐!
드디어 그간의 사이비 매스미디어를 "악의 파송단"이라
하늘이 선포했음을! 그리고 오천만
평화의 사도들이 신의 이름으로 너희를 영벌에 처했음을!
탄핵으로 대들보 무너진 광화문 처마 밑
무수한 사이비 언론의 주검들 발길에 차이는 영토에, 그
리하여

좌로도 우로도 치우치지 않는 만민에게 공평한
시퍼런 검을 부리에 물고
하늘의 지붕에서 정의의 큰 새가 날아오리니 이제
새 하늘 새 땅~~
새날은 오리니 새 나라는 건설되고 말리니!
평화라는 따사로운 햇살 쪼이며
남북한 우리 민족 함께 손을 잡는 그날은 오리니

이러려고

김정원

이러려고 운동을 했나
고등학교 열여덟 살부터 쉰다섯 살이 되도록 수십 차례
새벽 댓바람에 상경해
붉은 머리띠 칭칭 동여매고
광화문, 서울시청, 국회 앞 딱딱한 아스팔트 도로에 앉아
구호를 외치고 함성을 지르고 노래를 부르고 춤을 추고
노숙을 했나
국정원에서, 검경에서, 검은 안경 쓴 낯선 사람한테서
회유당하고 협박당하고 생명까지 위협받으며 싸움을 했나
나는 교사, 자랑스러운 전교조 담양지회장, 교단에서
'나를 징계하라' 홀쭉한 배를 들이대며 서명을 했나
피 끓는 아이들한테
민주와 정의와 참교육과 동학혁명과 광주학생운동과
4·19와 5·18을 가르치며
저항시를 썼나
죽 쒀서 개 주려고, 닭 주려고
박근혜, 최순실, 그 부역자들만 살맛 나는 세상 만들려고
선생이, 시인이 되었나
자괴감까지 들어 괴롭다

아니지 그건 아니지, 패배감은 아니지
깨어 있는 내가, 시민이, 민중이,

우리가 골골마다 분연히 일어나 높이 촛불을 들었지
그 촛불은 강물이 되고 강물은 흘러 횃불바다가 되고
무혈시민명예혁명을 이루었지!

그러나 이것이 끝이 아니지
일제 잔재 아듀!
유신 안녕!
굿바이 박정희!
재벌 해체!
한국사 교과서 국정화 영면!
사드 철회!
한일위안부협정 무효!
문화계 블랙리스트 작성 책임자 처벌!
개성공단 재개!
세월호 참사 진상 규명!
정전체제를 평화체제로!
마침내, 통일!

지금부터 시작이지

애기동백 산다화

김진수

한파가 몰려왔다 첫눈까지 내렸다
적폐가 난무했다 어둠이 판을 쳤다
뻔뻔한 혓바닥은 눈물까지 훔쳤다
촛불이 분노했다 온 나라가 들썩였다
횃불처럼 일어섰고 들불처럼 타올랐다

아랫녘,
아랫녘으로부터
동지섣달 무등을 타고 발끈발끈 소리치는
뜨거운 겨울 꽃 애기동백 산다화
모두가 불꽃이었다 아름다운 용기였다
위대한 혁명이었다 새로 쓰는 역사였다

떳떳한 삶을 위하여
— 한광호 열사를 기리며

김채운

장벽 앞에서 우리, 뜨거운 눈물 쏟아야 하는가?
절망 앞에서 우리, 다시 무릎 꿇어야 하는가?
탄압 앞에서 우리, 쓰라린 가슴 움켜쥐어야 하는가?
두 눈 부릅뜨고 거역하지 못한 우리들,
슬픔 앞에 덧없이 무너져 내려야 하는가?

잿빛 작업복에 살갑게 밴 땀 냄새 사람 냄새
노동자로 태어나 한 세상 인간답게 살 수 있다면
절망이 낳은 불구의 희망 그 어깨에 슬몃, 기대는 것조차
불온한 일 되어버린 이 나라 노동의 터전에서
죽으면 죽었지 영원한 패자의 삶 따윈 살진 말자고
징계와 해고의 벼랑 끝으로 내몰린 동지들
노조 탄압, 노조 파괴 획책하는 악랄한 무리에 맞서,
권력과 손잡고 제 몸집 부풀리는 야비한 적들에 맞서,
살아남은 우리, 당당함과 떳떳함 무기 삼아 끝까지 싸우
겠노라
공장에서 거리에서 고공에서 그 가파른 삶의 꼭대기에서
제 한 몸 아낌없이 투쟁하는 동지들 위해
권력의 횡포와 들러리 어용노조 앞세운 자본가의 욕망
앞에
우리, 절대로 절대로 무릎 꺾지 않겠노라 굳게굳게 다짐
하며

당신이 남기고 간 잔업 같은 과제들 완수하는 그날까지

노조 파괴, 노조 탄압 노동자 차별 없는 세상 이뤄낼 그날까지

우리의 투쟁과 서슬 퍼런 저항을 멈추지 않겠노라

마흔둘에 멈춘 노동자의 생이여,

후미진 삶의 가시밭길 걸어온 그대여,

고귀한 희생이 부디 이 땅의 마지막 희생이기를 간원하노니

지상의 고통 다 씻기우고 하늘길 오르는 그대,

피안의 세상에서 고된 몸 편히 누이소서, 가신 님이여!

생각하는 동물의 고뇌

김형효

자다 깨면 더 깊은 잠이 그립던 내가
날이면 날마다 자다 깨면 말짱말짱 잠 못 이루네.

1000일이 지난 물 안에 사람들,
1000일이 지난 물 밖에 벌 받는 사람들,
어디로 가라고 나라가 다가가 죽이고
어디로 가라고 나라가 나서서 외면하는가?

자다 깨면 날마다 말짱말짱 잠 못 이루는
날이면 날마다 깊어지는 한숨이 물 밖과 물 안을 잇네.

사라지는 것이 인간이라면
살아가는 것도 인간이건만
아이들도 어른들도
아버지도 어머니도 아들도 딸도
사라지지 않는 슬픔과 살아가지 못하는 슬픔에
하루하루 연명하는 일상을 사네.

용서할 수 없는 인간들이
용서하라 먼저 들고 일어서고
용서해선 안 될 사람들이
용서하자 먼저 말하는 세상이라면

그런 세상이 바로 생지옥이라네.

우리가 사는 세상을 위해
아이들이 살아온 세상을 위해
그들이 눈 맑히고 바라보던 하늘 아래 세상
우리가 눈 맑히고 바라보며 살아갈 지상에
개벽이 우리 안에 도화선에 불 밝히는 일이라고
자다 깨어 말짱말짱한 정신으로 중얼거리네.

그것이 세상을 살아갈 최소한의 희망이라고
또다시 말짱말짱해진 정신으로 중얼거리네.
이러다 내 손에 한 자루 총이 쥐어진다면
내가 총알이 되어
용서할 수 없는 자들의 심장을 향해 날아가겠네.
그것이 유일한 희망 그리고 소망.

현실 1416304

나해철

그들이
그 짓을 하는 동안

익사당하는
학생들이
부러진 손톱 끝으로
벽을 후벼파며
외쳐 불렀다

저것들을 좀 보라고
죽음에 이르르니
저것들이 하는 짓이 보인다고

불의는
공공건물 출입문처럼 가까운데
몇 번이나 이 문은 열리고 닫히는가

백주대낮에
경찰에 죽임을 당한 농민이
냉동된 주검안치실에 씨를 뿌려
한 해 농사를 짓고

독재자의
얼빠진 딸은
제 권력의 얼굴 가죽을 뜯어
영세교 교주의 딸에게 넘겨주고
그 얼굴을
제 살에 붙인 선무당은
제 앞에 돈을 쌓아가며 칼춤을 추고

망령들과
좀비들에게 굴종해버린
번쩍번쩍하는 차 안의
고급 넥타이를 맨 인간들을 보라

그것들이 정한
시급 일당과
비정규직에 시달려
차라리 하늘의 용사가 되어버린
노동하는 영혼들을 보라

슬픔은
바로 곁에 수돗물처럼 흘러 고이고

몇 번이나 손을 적시고
얼굴이 젖고
온몸이 풍덩 빠지는가

얼마나
지독하기에
이백오십 명 아이들이
삼백사 명이
함께 그 물에 들어가
나오지를 못하는 것인가

굴뚝은 기억을 가지고 있다

노태맹

75미터 굴뚝에 올라간 그 노동자를
세상 사람들은 잊어갔다.

1200일이 되자
굴뚝 밑의 노동자들도 경찰들도 사라지고
누군가에 의해 하루 세끼 밥은 올라오고 있었지만
그 노동자가 왜 굴뚝에 올라갔는지
무엇 때문에 내려오지 못하는지
세상 사람들은 모두 잊어갔다.

75미터 굴뚝만이 노동자를 기억했다.
밥을 길어 올리는 밧줄만이
오토매틱하게 그 노동자를 기억했다.
높이 오를 줄 아는 새들만이
눈물 흘리는 노동자의 옆얼굴을 기억했다.
삐딱하게 연기를 내뿜고 있는 옆 굴뚝만이
동지로서 그를 기억했다.

75미터 굴뚝에 올라간 그 노동자를
세상 사람들은 잊어갔다.
가끔씩 페이스북 화면 너머에서 손뼉을 쳤지만
1200일이 넘자

페이스북은 정치인들에 대한 애증과
그러한 빛깔의 맛있는 음식 이야기로만 가득 찼다.
그 노동자가 왜 굴뚝에 올라갔는지
무엇이 그를 내려오게 하지 못하는지

세상 사람들은 모두 잊어갔다.
75미터 굴뚝의 높이로도 어림없는 노동의 권리
새들의 날개를 가지지 않고서는 넘을 수 없는
그 75미터 굴뚝의 높이를 모두는 잊어갔다.
서로가 손잡고 가지 않으면 견딜 수 없는
이 기나긴 시간의 굴뚝 연기를.

그렇다, 1200일이 지나자
나는 시인의 은유와 상징의 붉은 꽃을 뱉어버렸고
1200일이 지나자 나는
이곳이 어디인지
이것이 무엇인지를 잊어버렸다.

손을 내밀어보라
이 말이 들린다면
이 말이 들린다면
손을 흔들어보라 소리치는

75미터 굴뚝에 올라간 그 노동자를
세상 사람들이 잊어버린 그 노동자를
나도 잊어버렸다.

도대체
기억은 어디에 소용이 있는 것일까?
있어도 없고, 없어도 있는
이 모든 서사의 섬망을
나는 어찌하면 좋을 것인가?
75미터 굴뚝이 수억 개의 붉고 푸른 성좌를
팽이처럼 돌리고 있는데
쓰러지지 않는 팽이처럼 돌리고 있는데
왜 우리는 이리도 일찍
1200일에 가까이 달려가 있는 것인지.

도대체
도대체 기억은 어디에 소용이 있는 것일까?
빛보다 빠른 기억으로 우리는
그 모든 날들의 첫째 날로 되돌아갈 수 있는 것인지.

75미터 굴뚝에 올라간 그 노동자를
세상 사람들은 다 잊고 있었다.

깃발론

맹문재

내가 한 색깔의 깃발을 들었다면 세상을 속이는 일
세상은 속지 않는다

그런데도 나의 깃발은 한 색깔이라고 고집한다
위장 전략이라고
타협일지라도 들기 위한 것이라고 주장한다

그러므로 나의 깃발에는 색깔이 문제가 아니다
크기도
어떻게 드는가도
내구성도
얼마나 들 수 있을지도
무게도 문제가 아니다

만성적인 명분일지라도 나는 아직 깃발을 들고 있다
자유로운 동행으로
자부하는 습관으로 들고 있다

바람 부는 광장으로 가고 있는
아, 나의 깃발

그들만의 공화국

문계봉

얼굴을 가린 시간들이
게으름을 가장하며 빠르게 흘러갔다.
고통은 폭죽처럼
우리의 몸속에서 수시로 폭발했고,
미래처럼 불투명한 짙은 먼지가
뿌옇게 몸속을 뚫고 나왔다.
지극히 구체적인 고통 앞에서
희망은 낙첨된 복권처럼 부질없었다.
입 밖으로 고통을 말하던 사람들은
일제히 겨울의 밀사에게
입을 틀어막힌 채 소리 없이 유배되고
배소(配所)의 꽃들은 나날이
사람의 얼굴을 닮아갔다.
자력으로 자궁을 빠져나온 수많은 아이들은
일제히 고통을 향해 걸음마를 시작하고,
혀가 잘린 사람들만
묵묵히 지키는 묵언(默言)의 거리 위로
발음되지 못한 그들의 노래가 비어처럼 흘렀다.

지돌이 할머니를 생각하며

문창길

할머니는 아무런 말 없이 웃기만 하셨다.
푹 눌러쓴 검정 털모자 속에서
할머니의 어두운 과거사가 삐죽이 새어 나오고 있다
그 언저리에 2월의 늦은 눈발이 설설 내리고
동구밖 어귀엔 혹시나 동생이 들어서지 않을까
내내 귀 쫑긋 올리며 눈시울을 적신다
그보다 더 낭랑 십팔세 꽃다운 나이에 순정을 바친
우리 서방님 이제나 저제나 오시려나
늘상 그리움에 주름진 얼굴 감추던 할머니
소싯적 꿈 많은 청춘을 살라먹고 아니
왜놈들에게 빼앗긴 무명 치마 흰 저고리의
어머니 같은 혼을 이제야 맘 놓고 훠이훠이 휘날리는
할머니 그렇게 지고지순한 할머니가
이제 날개를 펴고 살아남은 자가 그리워할
먼 머언 나라로 가시는군요
그곳에는 참기름 같은 사랑이 있나요
그 먼 나라에는 헤어지지 못할
서방님 하나 기다리고 있나요
그래요 가시려거든 내 짝사랑 같은 마음도
아니 우리의 아리랑 같은 어깨춤도
그 가슴에 맘껏 가지고 가셔요
그리고 이옥선 할머니의 자분자분한 귓속말도

김군자 할머니의 그렁그렁한 타박거림도
박옥선 할머니의 맛깔나는 춤 맵시도
배춘희 할머니의 섹시한 그림 솜씨도
문필기 할머니의 조용조용한 말동무도
강일출 할머니의 애교스런 질투도
김순옥 할머니의 알 듯 모를 듯 노랫말도
박옥련 할머니의 잔병치레로 힘든 발걸음도
와락 껴안고 웃음 바람으로 하늘 바람으로
가시어요 그것이 내 어머니 같은 지돌이 할머니의
희망이라면 또는 왕생하는 극락이라면
또 그곳이 경상북도 경주군 안강면 양월 창마을 고향이
라면
소작농 딸년으로 태어나 지지리도 못나게시리
단단한 삶을 살아낸 우리의 지돌이 할머니라면
가시는 걸음걸음 붉은 꽃 진달래 즈려밟고 가시어요
저 눈망울 맑은 퇴촌유치원 아이들의
고사리 같은 손짓을 따라 그렇게 할머니를 보내옵나니
마냥 푸르러 곱디고운 십칠세 처녀로만
그곳에서 사시어요 다시는
지긋해서 생각도 싫은 안강보통학교에서
조선말보다 일본말을 더 배우지도 말고
꽃사슴 같은 슬픈 짐승으로 콩밭 매고 밀을 심어

가을 추수 때면 지주에게 다 바치고 남은 쭉정이
걷어다 무솥에 푹푹 삶아 식솔 배 채우지 말고
꿈 많은 가시내 어느덧 앞가슴 봉긋한
열일곱 지돌이 처녀로만 영원하시어요
가끔은 이 어리석은 시인도 잊지 마시고
자나 깨나 걱정 많던 나눔의집 식구들도 잊지 마시고
불심으로 원력을 펼치시는 원장스님도 잊지 마시고
목소리도 청청하게 시를 읽던 이기형 선생님도 꼭 기억
하시고
검정 치마 흰 저고리 살랑이며
고구려적 그 기상으로 가시다가
고이 머무는 그 곳에서 우리를 지켜보셔요
우리는 기어이
아직도 남은 왜군을 물리치고
우리의 자주 독립을 이룰 겁니다

지겨운 철쭉

박광배

철쭉이 흙에서 걸어 나와
엉덩이를 씰룩일 때가 있을 거다.
개 발에서 손이 뻗어나 컴퓨터를 다루고
사람 엉덩이에 꼬리가 솟아 살랑거릴 때가 있을 거다.
그렁저렁 세월을 묵새기면
철쭉의 손에 스마트폰이 쥐어지고 톡하느라
정신없을 날이 있을 거다.
달은 지금보다 세 배나 커지고 해는 뜨거울 거다.
지구란 별이 다섯 번쯤 망가지고 난 다음
붕어가 거리를 배회하며 도를 아느냐고
물어볼 날이 있을 거다.
사람 종자는 알아볼 수 없이 일부는 물로 들어가
돌고래처럼 꽥꽥대며 섹스할 것이다.
내는 하늘로 돌아가 별빛이 되어 있겠고
자손들은 개가 되거나 돌고래가 되거나 원숭이 조상이
되어
길거리서 철쭉이 타는 자전거를 고쳐주고 있을지 모른다.
화평스런 토요일 오후,
지구에 드디어 평화가 찾아올 거다.

야만의 오늘

박구경

돼지고기 붉은 살점을
붉고 매운 꼬춧가루와
또 꼬추장과 마늘과
혀가 얼얼하도록
더 매운 청고추를 썰어 넣고 볶아 먹는
조선 년이다!

아랫배에 그것들을 그득 가두고 죽어라 하고
땅을 딛고
바닥을 걷는다

이런 우리를 야만이라 한다
그렇다, 야만이다!

야만이라는 목소리를 열심히 들으며
또, 돼지고기를 붉고 맵게 무쳐
그것을 목구멍으로 뜨겁게 넘기기 위해
미치도록 마른침을 억제할 수밖에는 없는
도로의 한복판을 종일 구부리고 일하는
조선 년이다!

잊을 수는 없다

이 길밖에는 길이 없다

이것이 현실,
까마득한 이것이 조선 사람들의 말이다!
그러므로 이것은 부드러운 밥과 함께!
우리들 모두의 곁에 다디단 맛으로 있다

이것이,
오늘의 이름이고
개와 돼지와 야만의 오늘이다.

* '2016년 강정생명평화대행진' 범국민 평화제 낭송시.

보이지 않는 재갈들

박몽구

땡 아홉 시 시보가 떨어지기 무섭게
쏟아지는 푸른 집 소식을 담기에
튀비 화면은 언제나 모자란다
채 활짝 피지 못한 사백열여섯 송이 꽃들
제주 해군기지로 가는 쇳덩이를 베고
차가운 맹골수도에 잠든 모습
한 자락이라도 마이크로 옮기려 해도
앵무새의 말들 불쑥 끼어들어
오리무중 주워들을 수 없다
강남 룸살롱의 음탕만 도돌이표를 단 채
며칠째 미궁을 들락거리고 있다
엎드려라 엎드려라
차가운 칼끝을 겨눈 사드 레이저 앞에
성주 참외들 제철 모른 채 시들어도
새로 출시된 포켓몬 가능 지역을 찾아
속초로 모여드는 게이머들 부산한 소음
말풍선을 팽팽하게 부풀어 올린다
끊어진 백두대간을 이어 하나로 잇는 말들
도마뱀의 꼬리처럼 잘려 사라지고
다시 한 사람을 위한 말의 성찬으로
겹겹이 차린 상은 언제나 비좁다
그 거짓의 벽을 넘어 새벽이 오는 건

재갈 물려도 상처를 마다 않으며
행간에 숨어 견디고 있는
금싸라기의 말들 덕분이다
99간 처마와 치마 사이에 묻혀버렸을
황제들의 흉계와 목마른 그리움
수천 년 넘어 전해질 수 있었던 건
궁형을 마다하지 않으면서
사마천이 피로 써내려간 죽간 덕분이다
문득 보이지 않는 손가락이 가리키는 대로
범람하는 앵무새의 언어들 저편
차가운 칼에게 상처를 맡기며
그가 지킨 순금의 언어 하나
무기의 울울한 숲을 넘어
끊어질 뻔한 시간을 잇는다
꼬박 뜬눈으로 어둠을 밝힌 사람들에게
깨끗한 새벽빛을 안긴다

일곱기둥철강

박설희

스물일곱 그가 사라졌다
온갖 이질적인 것들을 녹여내던 용광로
죽음조차 흔적 없다

금속성의 찬 빛을 뿜으며 놓여 있는 숟가락
쇳물에 빠져 녹아버린 청년의 얼굴이 어른거린다

별들도 고단해 창백하게 깜박거리던 출퇴근
한적한 곳에서의 흥얼거림은
못이 되고 숟가락이 되어
집으로 회사로 음식점으로 팔려가고

가슴에 품었던 길은
가로등이 되고 자동차가 되어
거리에서 항구에서 빛을 발하겠다

금 가고 찌그러진 시간
붉은 눈물, 푸른 눈물 철철 흘리며
다시 용광로로 돌아올까

다 쓸어 넣어
달구고 두드리고 벼리는 나날

환멸을 제련해서 간절한 기대로
고장 난 시계들은 압착하고 용접해서 강철 무릎으로
과열된 체온은 바람으로 단련하는
일곱기둥철강 주식회사

식탁 위, 메이드 인 코리아 선명한데
눈송이 스러지듯
흐려지는 얼굴

이미 국가는 도굴되었었다

박희호

비련(悲戀)이다. 세상은 온통 안녕하건만 원고지 칸을 메워야 전할 수 있는 안부
내색(內色)이다. 또 묻지 않을 수 없는 오독(誤讀)한 것들의 허구

이천십이년십이월십구일 국가는 순장되었고
이천십삼년이월이십오일 국가는 도굴되었고
이천십사년사월십육일 국가는 없었다

도굴된 국가는 꽃들의 부름에 단 하나의 파편도 보이지 않는 무채색이었다.

북위 34,2181° 동경125,95°
맹골수도(孟骨水道) 바닷물이
304명 심장을 뛰게 하고 혈관에 공급해야 할 산소를 갉아먹고 있을 때
국가는 이미 도굴되고 없었다

꽃들아!
왜 돌아오지 않느냐고 이제 와서, 앞으로도 어찌 묻겠는가

도굴된 국가는 소문도 기척도 없었던 걸

잔불도 꺼져 차디찬 방바닥에 심장을 꺼내놓고
얼음처럼 파래진 창문 열어두고
꽃 이름 불러불러
돌아오길 기다리다 못해
무거운 다리 칭칭 동여매고 걷고 또 걸어보았지만
국가는 이미 도굴되고 없었다

꽃들아!
누군가의 발밑에도
국가는 없었다.
누군가 돌아올까 봐,
도굴된 국가는 숱한 모의를 시작했었다

ENG카메라가 꽃들의 피사체 훑고 훑어 사방이 다 꽃 피
로 물들었지만
국가는 이미 도굴되고 없었다

꽃들은 죽어 희미하게 지워지고
어설픈 눈물과 속삭임은 어둠의 자식일 뿐, 악몽을 꾸게

하는 잠이었지
　국가는 이미 도굴되고 없었다

　그러다 철부지 여자아이 팔매질에 나오지 않을 것 같던
국가의 혈흔,
　기어이 찾았으나
　국가는 음습하게 썩고 있었다.

　꽃들아!
　너흰 도굴된 국가에서 바코드도 지워진 채로
　평형수 빼낸 자리에 섬뜩한 짐,
　그 이하였을지도
　너흰 꽃이고 국가이며 아들, 딸이었어

　꽃의 귀향을 바라던 촛불, 그 촛불이 이곳에서 저곳까지
도굴된 국가, 귀를 펄럭이게 하였지
　원고지 위 이 말이 혹, 닿거든
　동거차도 늑골에 묻어둔 아버지 울음 거두어

　꽃들아!
　망연히 피워 올리고

꽃들이 국가이고 국가가 있는 곳,
그곳에서 순이 돋고 잎이 푸르른
꽃 이름으로 살길, 학교 담벼락 안 교실에
시린 바람 한 자락

그리움이 무성한 밭 일구고 있다는 전언, 유물 창고엔
노숙의 푸른 수의(囚衣) 파산 선고 기다리고 있다

블러드 문(blood moon)

성향숙

진돗개 무리 속에
이따금 검은 개들이 출현하는 마을
붉은 달 떠오른 방식으로
삼백 명 승선한 배가 항구 쪽을 향해 기울고
샤먼 퀸이 풀어놓은 저승의 개들
칼춤 추듯 이빨을 드러내고 몰려다닌다

굳게 닫힌 사각의 창문마다 울음이 삐져나온다
주검 앞의 사내는 등으로 창문 막고
주먹을 입속에 넣고 흐느낀다
소금물 든 운동화가 식탁에 차려지고
쥐꼬리만큼의 넉넉함이 얼음덩이 손에 쥐어진다

친밀함이 마지막 안식처라던 사람들*
서로 의심하며 눈을 부라린다

들판은 실제 푸른 것보다 묘사할 때 더 푸르고*
떠오를 때 시체는 더 처참하다
노란 빛 외면하고 붉어진 달이
공희의 바다에서 울부짖는
죽음은 끊임없이 발굴되어 떠오른다

물에 불은 주검들 터질 듯 하얗다

벌름벌름 죽음을 탐닉하는 개들과
개들을 사육하며 눈알 번득이는 샤먼 퀸
다시 떠오를 것을 암시한
붉은 달과 죽은 자들이 안부를 전해온다

* 『리스본행 야간열차』.

우리라는 슬픔

안주철

거짓말의 길이에 대해서 생각한다
차벽을 향해 걸어가면서

거짓말의 밑바닥은 몇 마리인지 세어본다
차벽을 두고 돌아오면서

잊어버리면 픽 웃으며
한 발자국에 한 마리씩
다시 한 마리

꿈에서도 나타나지 않는 우리라는 말이
광장에 뿌려졌을 때
이걸 선물이라 좋아해야 할지
이걸 폭탄이라 두려워해야 할지 몰랐지만

우리는 꿈에도 사라진 희미하고
뚜렷한 우리가 되어서
차벽을 향해 걸어가고
차벽을 두고 돌아온다

우리라는 슬픔을 완성하기 위해서
너무 오랫동안 쌓여서
끝도 보이지 않는 슬픔을 완성하기 위해서

악마들의 영역에서

안학수

그 시대 그 땅에
푸르른 풀밭을 이루는 양들이 있었다
그 악의 무리가 양치기로 나서기 전이었다

그 무리에 가려 아래를 보지 못한 공주
웃음과 눈물로 양들을 속여 가로챈 세상
교악한 손톱으로 움켜쥔 권좌에서
견고한 악마의 성곽을 구축하고도
구원의 방주를 패러디한
멸망의 폐선까지 마련했다

정원을 넘겨 덜어 먹고
탑재를 올려 빼어 먹고
부력을 눌러 빨아 먹고
복원력을 흔들어 뜯어 먹고
찌꺼기로 남긴 부정부패를
폐선 깊숙이 에너지로 장착했다

골고다의 언덕과 같이
희생제 치르기 적당한 진도 앞 바다

아무것도 모르는 생명들께

험도 티도 없는 어린양들께
세상의 모든 답답한 목의 칼을 걸고
세상의 모든 억울한 가슴의 맷돌을 달고
세상의 모든 분노한 머리의 가시관을 씌우고
세상의 모든 처절한 발목의 차꼬를 채우고
삼백사 영령을 가책 없이 속죄양으로 바쳤다

제관으로 쓴 올림머리의 도도함이란
계산기식 흥정으로 헐값에 죄악을 팔고
모르쇠로 덮으려다 불거져 나온 진실을
뻔뻔하고 표독하게도 끝내 뉘우치지 않았다

영령들이시여 어린양들이시여
저녁하늘을 붉게 물들인 해님이시여
하늘 끝에 닿아 번뜩이는 까치놀이시여

화산처럼 끓는 그 노여움을 이젠 내리소서
내내 잊을 수 없는 슬픔으로 이 마음에 담았나이다
창파에 거품으로 뜬 원망을 그만 거두소서
영영 지워지지 않을 아픔으로 이 가슴에 새겼나이다

무구한 생명들이 수없이 바쳐지는 이 영역에

안전불감증을 치유할 약으로 삼겠나이다
자신들의 영달과 권력만 좇는 버러지 떼들의
추악한 횡포를 막아내는 힘으로 삼겠나이다

우리 옆집 티베트 아저씨

오민석

우리 옆집 티베트 아저씨가 또 실직했다. 그래서일까 세상에서 가장 느긋했던 그의 보폭이 더 느려졌다. 뙤약볕 아래에서 그는 걷는 것이 아니라 걷는 폼으로 멈추어 있는 것 같다. 그는 왜 세계의 지붕인 자기의 조국에서 내려왔을까. 왜 여기 이 바닥까지 왔을까. 히말라야의 시리도록 푸른 공기가 그의 폐부를 상하게 했을까. 그는 조금만 걸어도 숨을 헐떡인다. 이 바닥이 영 마음에 들지 않는 것이다. 늦게 만나 결혼한 그의 부인은 말없이 미소 짓지만, 나는 그 웃음의 쓸쓸한 배후가 안쓰럽다. 이제 여덟 살 난, 그래서 늘 즐거운 그의 딸만이 히말라야 제비처럼 이 집의 혈관을 겨우 돌린다. 생계 앞에서 적막해진 한 가계가 더할 수 없이 적막해지면 어떻게 하나. 우리 옆집 티베트 아저씨의 작고 낡은 승용차는 오늘도 뙤약볕 아래 움직일 줄 모른다.

말씀

윤임수

애야, 그렇게 하고 싶지는 않구나
금강산이 좋다고들 하지만 고향도 아닌데
하루 이틀 관광길 남들 따라가서
눈물 몇 방울 찔끔거리기는 싫구나
사람의 마을에서 말 한마디 붙여보지 못하고
아픔도 설렘도 끝내 풀어내지 못하고
산길 밀려갔다 바닷길 흘러나오는
그런 부질없는 짓은 하고 싶지 않구나
성치 않은 몸 그렇게 부리기는 싫구나

애야, 내가 가고 싶은 곳은 황해도 연백
늘 그리운 사람들이 옹기종기 모여 사는 곳
거기서 오랜 눈물 펑펑 쏟아내고 싶구나
이제 다시는 헤어지지 말자고
아는 사람 모르는 사람 죄 붙들고
오래오래 두 손 부여잡고 싶구나
연백평야 들길을 천천히 걸으면서
한숨도 고통도 풀풀 풀어놓고 싶구나
그렇게 불면의 한 세월 내려놓고 싶구나

발뺌

이서화

밤새 눈이 내렸다
햇빛을 놓쳤거나 혹은 기다리는 적설 위로
열 사람의 발자국이 나 있다

움푹한 발자국들은
미끄러운 길을 꽉꽉 밟으며
평탄대로인 양 지나갔다
날씨가 추워지고
발자국들은 얼었고
발자국들 여러 번의 햇살을 갈아 끼우는 사이
곧 녹아 사라질
밀서 같은 봄을 믿는 눈치다

눈이 녹고
발자국이 녹기 시작하고
아무렇게나 고인 물을 비켜
발자국들이 발을 빼는
발뺌을 하고 있다

봄이 되자 발자국이 사라졌다
꽃이 사라지는 일과 같은 일일 것이다

우리의 양식
— 한광호 열사에게

이영숙

거기까지는 가지 못한다
두 번 밟을 수 없는 길이다
숯불을 디디는 맨발로도
열 동이의 눈물로도
백 권의 책으로도

겨우 그대를 잊지 않고 지내는 나날들
부끄러움은 우리의 새 거주지가 되었다
들을 귀 없는 자들과
볼 눈 없는 자들이 바리케이드를 치고
산성을 켜켜이 높인 채
침묵하다 그 뒤에서
부끄러움도 없이 수군거린다

죽임이죽음을부르고 죽임이삭발을부르고 죽임이단식을
부른다
죽임이구호를 죽임이깃발을 죽임이물가에둘러핀수선화
처럼연대를부른다

약한 것 같으나 강하고
지는 것 같으나 끝까지 이기고야 말

그대가 우리의 준엄한 양식(樣式)이다
부끄러움이 이 시대의 고결한 양식(糧食)이다

기적을 울려라

이진욱

줄을 올려라
멈춰선 대한민국이 항해할 수 있도록 닻줄을 올려라

바다 밑 잠든 생명이 귀항할 수 있도록
최후까지 닻줄을 올려라
파도보다 큰 통증이 몰려와도 물러서지 말고 올려라
소매를 걷어붙이고 눈물을 끌어 올려라

4월 16일 세월은 더 이상 항해하지 않는다
멈춰버린 대한민국의 기적(汽笛)을 울려라
지금 올리지 않으면 더 깊은 곳으로 침몰한다
바닷물에 녹슬어 꿈쩍하지 않으면
도끼로 내리쳐 닻줄을 끊어라

오늘이 멈춰 있는 곳은 어둡고 차가운 맹골수로

깊이 잠든 바다보다 더 어두운 곳에서
꿈쩍하지 않는 대한민국의 인양을 위해 닻줄을 끊어라
모두를 위한 평형수가 되도록 닻줄을 내리쳐라
힘이 부치면 도끼를 내리쳐라

뱃고동이 울릴 수 있도록 닻줄을 끊어라
먼저 내 몸을 묶은 닻줄을 내리쳐라

자살 권하는 사회

— 한광호 열사 추모시

이철경

건국 이래 천민자본주의 족벌 재벌은
추악한 위정자와 결탁하여
노동자 위에 군림해왔다

자본의 욕망을 헐떡이면서
해골을 감싼 너희 이마에
욕망의 썩은 기름 흐를 때
우리 노동자 이마엔 고혈 흐른다

그 욕망의 피해자는 우리 노동자
그 슬픔의 피눈물은 우리 노동자
시급 일만 원, 연봉 이천이 안 되는
우리는 하청업체 부속품

온종일 노동을 팔아
세계 굴지의 빛나는 똥구멍에
기름칠하고 조이고 닦는다
너의 욕망이 세상에 쏟아지지 않도록,

성실하고 우직한 노동자가
쏟아진 욕망에 또 자살당했다

더는 가난하고 힘없는 민초가
더러운 욕망에 피해 보지 않도록
너의 풍선 같은 배때기를
내 작은 바늘로 찌른다

빵 터져버릴 물욕의 신이여
탐욕스런 물질 만능의 사회여

푸른바다거북

임성용

이거 봐, 배가 많이 기울었어!
괜찮아, 괜찮아!
(이러다가 우리 죽는 거 아냐?)
괜찮아, 괜찮아!
(엄마한테 전화해야 돼. 전화를 받질 않네.)
야, 이거 동영상 찍어 보내!
(밖으로 나가야 되는 거 아냐?)
가만 있으래잖아, 움직이면 위험하다고!
(그래놓고 지들끼리만 나가는 거 아냐?)
그럴지도 몰라!
(아니야, 경찰이 우리를 구해주러 올 거야)
와아, 헬기가 왔다!

선생님, 물이 들어오는데
천장이 바닥에 있는데, 왜 이제야 나가야 해요?
(아아아아! 나는 못 걷겠어⋯⋯)
미끄러워, 넘어지면 안 돼!
내 손을 잡아! 여자애들부터 올려보내!
물이 차오른다! 목이 잠긴다!
(몸이 둥둥 떠올랐어⋯⋯)
중심을 못 잡겠어!
난 락카에 발목이 끼었어!

한 걸음도 움질일 수가 없어!

저길 봐!
바다거북이 온다
등이 푸르고 착하디착한 눈을 봐
크고 커다란 발을 날개처럼 헤엄쳐
푸른바다거북이 우리들에게 온다
아니야! 저기, 흉계와 살육의 범고래가 온다

가자, 애들아!
바깥 세상은 너무 위험하구나
여기는 너희들이 믿고 살 만한 곳이 못 돼
맞아요! 하루에도 서른 명 이상 자살을 시키는 나라예요
집단으로, 집단적으로 죽이고, 집단적으로 통닭을 먹어요
맞아요! 우리는 해그팬클럽 어른들이 아니에요
hei, hei, hag!
헨젤과 그레텔을 잡아먹고
샛파란 혀로 일곱 시간만 기다려달래요

아이들은 푸른바다거북을 따라갔다
아이들은 깔깔거리며 웃었다
공부도 하고 농구도 하고 연애도 했다

호미와 바구니를 들고 조개와 산호초를 캐러 다녔다
바닷속 학교에서 한 가지 부탁을 했다
(저 배를 끌고 와주세요. 제 가방이랑 신발이 배 안에 있어요!)
제 동생이랑 오빠랑 엄마 아빠 가족사진을 보내주세요
(꼭, 보고 싶거든요!)

푸른바다거북은 고개를 끄덕이며 솟아올랐다
(조심하세요!)
날마다 수천 벌의 옷을 갈아입고
눈물까지 흘리는 악어가 송곳니를 드러내고 쫓아올지도 몰라요
푸른바다거북은 아이들의 얼굴을 쓰다듬어주었다
(무서워요……)
걱정 마, 걱정 마!
살아서 죄 많은 우리가 지켜줄게!

저수지

임재정

창고는 아니야 쇠창살이 있으니까

터널을 지나면 숨겼던 얼굴을 꺼내야 해
그것은 어둠과 양떼를 뒤섞는 일
침묵해, 목소리가 달라질 거랬어

헬륨을 통과하면 노랑에도 송곳니가 돋지

신발 곰인형 책가방 부르튼 입술 새끼손가락, 식인상어
배 속에서 진흙 사람들이 맞는 첫 밤처럼

무슨 말인가 뱉어낼 듯 일렁이다가
기슭을 미끄러지는 거품 사이의 스티로폼 조각
우린 어떤 것의 진면목일까 메아리를 허락하지 않는

거대한 헝겊이 사각의 완고한 얼굴을 흔들 때

부(父) 기도문
— 다시 청와대에서

장우원

하늘에 계신 나의
아 · 버 · 지,

아버지의 이름이
여전히 저로 인해 거룩히 빛나시며
아버지의 나라가 다시 오시며
아버지의 뜻이 그때와 같이
이 땅에서, 지금도, 이루어지소서

오늘
저에게 일용할 권력을 주시고
권력에게 대드는 저들을
제가 용서하는 죄를 범하지 않도록
아버지의 죄를 제게 주시는
아 · 버 · 지

제가 행여 유혹에 빠지지 않고
철권을 끝까지 휘두르게 하시며
나라와 권능과 영광이 영원히
(이 말이 너무 좋아 가져다 씀을 용서해주시고)
함께하는
나 · 의

아 · 버 · 지

이 땅은, 여전히
앞으로도, 계속
아버지의 것입니다
저는, 완벽하게, 빈틈없이
아버지의 뒤를
따르겠습니다

오늘이라는 이 봄.날.

전비담

목울음이 피어났어, 시냇가 버드나무에, 길게 없어지며
왜 내 목은 못 울어 하고 목메어 물었던 소녀들의 목울음

담 밑 쓰레기통을 뒤져 해진 군화를 찾아 신고 저벅저벅
피어났어, 저녁이 안개를 피울 때 나무에는 몸보다 큰 그
림자가 서 있었어, 벗어날 수 없는 발목의 표정을 신고서

어디서 왔는지 뒤를 밟아온 발자국도 모른다 했어, 떠돌
이 극단에서 외줄을 타고 돌았다거나, 흰 종이에 얼굴을
틀어박고 하얀 글자를 썼단 말이 돌았어, 산에서 붉은 진
달래를 먹다 내려와 노랑별꽃들을 따 먹으며 운다는 말도
돌았어. 일본군에게 **삥삥**이를 돌다가 머리가 돌았다는 말
은 젤 나중에 뱅뱅 돌았어

아이들이 돌고 있는 말로 돌팔매질을 하면 구부러진 등
의 침묵 속으로 걸어 들어갔어, 나는 소녀다 하는 것처럼
걸어 들어갔어

그러던 어느 날은 어느 때고 닥쳐와, 저녁이 피우는 연기
를 퍼먹고 마을이 한꺼번에 목구멍 터지는 그런 날, 뒤축
을 버린 발목 한 켤레에 어른어른 어지럼증 이는 그런 날

길게 없어지던 소녀들이 돌아와 버들벚꽃 위에서 울멍
울멍
　　식은 목울음 푸는 오늘이라는 날

　　찬 쇠붙이 동상으로 얼어붙은 치욕을 넘어
　　팔랑거리는 소녀로 다시 피어나는
　　오늘이라는 이 봄. 날.

광장의 시(詩)

정세훈

역사의 진실은 민중의 피로 만들었고
역사의 거짓은 권력의 총칼로 만들었다네

1919년 3·1항일독립운동
1960년 4·16혁명
1980년 5·18민주화운동
1987년 6·10민주항쟁

피 서린, 피 서린, 피 서린, 피 서린,

친일권력
부정부패
군사독재
총칼의 광장

여전히
진실의 역사가 민중의 피로 물들고
거짓의 역사가 권력의 총칼을 찬양한
덧없는 세월

2016년 11월
세상의 모든 시

수백만 촛불 되어
광장을 점령했네

어린아이여, 학생이여, 젊은이여, 늙은이여,
농부여, 노동자여, 회사원이여, 상인이여,

한 자루 촛불 되어
광장을 밝힌
당신들은
광장의 시!

역사의 거짓을 만들어온 총칼 앞에
언제나 역사의 진실을 만들어온
흘린 피, 피, 피,
피의 광장을 밝힌 촛불들

헛바람처럼 휘둘러오는 권력 앞에
꺼지지 말자고
서로가 서로의 심지 깊은 심지에
불붙여 주며, 주며

광대하고 광활할

유구하고 영원할
신명나고 흥겹고 목청 좋은
대서사시를 쓰고 있네.

제아무리 강한 바람이라 하더라도
들풀들을 이긴 바람 없다고
쓰러뜨리려 하다가
쓰러뜨리려 하다가

일어서고
일어서는 들풀에
그만
소멸되어버리고 마는 것이라고

권력의 총칼 앞에
민중이 피로써
역사의 진실을 만들었듯
민중의 촛불은

다시 불붙고, 다시 불붙는 것이라고

철탑에 집을 지은 새

정연홍

철탑 위 집은 위태롭다
까치 두 마리 비닐 천막으로 집을 지었다
철기둥 위로 일만 오천 볼트 특고압이 윙윙거리고
땅에서는 날아오를 수 없어
철탑에 집을 지었다
높은 곳에서 내려다보면 다 같은 새인데
하늘 한번 날지 못하는 새보다 못한 사람인데

하늘에는 신이 있고,
땅에는 신을 만드는 사람이 있다
법은
만인 앞에 있을 뿐이다
바람이 불면 집은 흔들린다
땅에서 모든 것은 흔들린다
붉은 머리띠를 매고 주먹을 불끈 쥐면
세상이 흔들리고, 빌딩이 흔들리고

누가 새 아닌 새라고 말할 수 있나
사람 아닌 사람이라고 말할 수 있나
높은 데서 내려다보면 세상은 그 자리인데
세상의 상처도 그대로인데
빌딩 밑 음지를 옮겨 집을 짓고

스스로 새가 된 사람들

하늘을 날아 올라 새가 되어야만
새가 있다는 것을 안다
부지런히 집을 짓는 새들
희망이 부활할 때까지 알을 품는 새들

낙인(烙印)

정원도

가혹한 노동의 속도에 대해 불만을 토로하지 마라
그 불만을 글로 유포하지 마라
그 글로 불순분자가 되지 마라
금서(禁書)가 되지 마라

수면을 대폭 줄여가며 조직에 충성하라
통제는 지극히 자발적이고 음성적이며
통제가 아닌 듯 통제하라

감히 불평은 논할 틈도 없게 하라
한 번 쫓겨나면
다시는 보장된 혜택의 대열에
합류할 수 없도록 하라

아무리 밤 지새워 심신을 혹사시켜도
가족적인 위안이 자신을 지켜준다는 암시를 갖게 하라

세계는 늘 벅차게 억지 쓰며 강요하는 자들이
움켜쥐고 있다 고요와 평화를 원하는 자들은
단호하게 게으름이나 나태로 단죄받도록 하라
은밀하게 강요하는 줄도 모르게 강요하라

무인공장

조기조

넓디넓은 공장에 사람은 없고 기계만 돌아간다
쉴 새 없이 기계는 돌며 상품을 쏟아낸다

그대가 공장에서 일을 할 때도 사람은 없었다
기계와 함께 돌아갈 때 그대는 기계였다

스무 살이었다 공장에서 삶을 찾으려고 했던 때가
서른다섯 살이었다 공장에서 쫓겨나던 때가

그때, 우리가 공장의 주인이다, 라고 외쳤는데
지금도 그 말은 맞다 공장의 주인은 기계다

오래전에, 우리는 사람이 아니었어, 라고 말한 소설가가
있었다

그대는 시장에 없는 자유를 공장에서 찾으려고 했다
그대는 법정에 없는 평등을 공장에서 구하려고 했다

공장 밖으로 쫓겨난 노동자들이 잇따라 목숨을 던졌다
공장 안에서 목숨을 걸고 일하던 노동자들이었다

노동자들이 죽어도 기계는 돌아가고 있었다
노동자들이 죽어도 상품은 넘쳐나고 있었다

멀리 아프리카에서 다국적 기업이 망했다는 소문이 있었다
몇 달 일하고 필요한 것들을 챙겨서 밀림으로 돌아간 원주민들 때문이라고 했다

커다란 빌딩을 에워싼 노동자들의 시위 행렬 속에
죽은 노동자는 영정 사진으로 참여하고 있었다

그대 다시 공장에 가지 못하리

공장 안에서 노동자들은 기계로 움직이지만
공장 밖에서 비로소 사람으로 저항했다

사람들은 언제 기계가 되는가
기계들은 언제 사람이 되는가

다 이루었다!

비정규

조동범

  오늘은 애도의 밤입니다. 그러나 이곳은 그 어떤 애도도 없이 고요하게 밤을 견디려 합니다. 당신의 마지막엔 그리하여 불가촉의 그것처럼 누구도 당도하지 않습니다. 향은 꺼진 지 이미 오래이고, 오늘 밤의 애도는 더 이상 당신의 상징이 될 수 없습니다. 당신이 마지막으로 보았던 것은 무엇입니까. 환하게 다가오는 헤드라이트 불빛 속에 고요는 결코 아름답습니까. 눈이 내리면 지상은 사라지려 합니까. 눈발은 누군가의 비극처럼 더 깊은 계곡으로만 쌓입니다. 깊이를 알 수 없는 지상을 당신은 알지 못합니다. 사라진 지상에 나무는 뿌리도 없이 자라고 나무의 가지마다 죽은 자의 음성은 그 누구도 애도할 수 없습니다. 불가촉의 그것처럼 당신은 유폐된 수렁을 떠올리려 합니다. 당신의 삶은 불가촉의 음성 앞에서 자주 무너지는 꿈을 꾸곤 합니다. 모든 것은 돌이킬 수 없다고 생각하는 순간 당신의 마지막은 펼쳐집니다. 도끼로 통나무를 패는 찰나는 돌이킬 수 없습니다. 도끼의 날이 받침목에 박힐 때. 그것은 그 어떤 단호함입니까. 아니면 아플 수조차 없는 상처입니까. 오늘은 당신을 애도할 수 없는 밤입니다. 당신은 불가촉의 손을 내밀어 누군가의 어깨를 흐느끼고 싶습니다. 당신은 불가촉이고, 어둠은 느닷없이 펼쳐지고, 불가촉의 화분은 발굴할 수 없는 유적이 되어갑니다. 오늘은 애도의 밤이고, 불가촉의 마지막은 어느덧 폐기된 내일 밤이 되어갑니다.

합창

조미희

한 사람이 광장에 나와 노래를 했다
작고 가냘픈 목소리다
바람이 거세게 목소리를 흔들었다
지나가던 이웃이 발길을 멈추고
한 사람의 옆자리에서 화음을 넣었다
바람은 아주 조금 두 사람의 사이를 비껴갔다
그리고
아이들의 손을 잡은 부부와
연인과 친구들이 한바탕
축제의 광장을 열었고
손에 환한 촛불 한 자루씩 들고 모여
서로의 체온을 어루만지며
목소리를 보탰다

가장 아름다운 노래,
비폭력의 합창이
청기와 너머로 울려 퍼졌다
청기와 창문 안에는 귀머거리 공주가
살고 있는지
좀체 열리지 않았다

광장엔 서로 다른 목소리로

하나의 거대한 합창을 완성했다
권력의 거센 벽을 광장의 합창이 무너트리고
광장 가득 봄을 불러냈다

K의 죽음과 사설탐정 S

정지된 눈동자에 먹구름이 흘렀다 생각의 방위를 따라 구름을 복기하면 삶과 죽음이 팽팽하게 균형을 이룬 저울 추가 보인다 한 생애를 계근하는 저울에 희망 한 닢을 올리면 어느 쪽으로 추가 기울까? S는 사설탐정 영세상인 K의 죽음을 탐문 중이다

하나 둘 셋, 하나! 하나 둘 셋, 둘! 하나 둘 셋, 셋!… 키 큰 사람은 앞에 서고 작을수록 뒤에 선다 하나 둘 셋, 쉰여덟! 하나 둘 셋, 쉰아홉! 하나 둘 셋, 예순!… 봉을 들어서 올렸다 내렸다 올렸다 내렸다 사람에게서 소금 냄새가 나는 삼복염천이었다 하나 둘 셋, 아흔여덟! 하나 둘 셋, 아흔아홉! 하나 둘 셋, 백!

봉의 규격과 무게는 앞뒤 균등하다 같은 간격 같은 무게 같은 횟수 봉체조는 평등하다 아주 평등하다 힘세고 키 큰 앞쪽 봉이 공중으로 솟구칠 때 키 작고 힘 약한 뒤쪽 봉 지렛대처럼 끄응 대각선으로 눕는다 이때 봉의 무게는 어느 쪽으로 전가되는가?

기울어진 운동장, 공룡자본이 사인(死因)이다

일본의 무릎 아래 우리 딸들이

조 정

　─엄동설한 풍찬노숙은 만주벌판 독립군을 묘사해 쓰는
말이려니
　　오늘은 그렇지 않다
　　어린 딸들이 일본 대사관 무릎 아래 풍찬노숙 중

　일본의 압력 못 이기는 정부 입장을 이해한다고
　택시기사는 말했다
　나는 그렇지 않다
　5천 년 조선 사람들 자식인 우리는 그럴 수 없다
　소녀 아닌 소녀들도 성노예로 갔으니 소녀상 무효라는
말은
　시취(尸臭) 묻은 입술소리

　저기 거리에
　나비처럼 당나귀처럼 꽃처럼 부엉이처럼
　걸어가는 여자들 중
　소녀 아닌 여자는 없다
　나비와 꽃 안에 팔랑거리는 소녀
　당나귀와 부엉이 안에 팔랑거리는 소녀
　모든 어미 슬하에서 맑고 애틋하고 고귀했던 모든 소녀
　죽은 여자 안에도 소녀는 있다

우리를 기억하라
세상의 거리여
삿자리에 누워 하루 서른 번씩 나라를 잃던 소녀들이 없
게 하라

달아날 길이 없어서 달아나지 못했던
위안소 문을 덧달고 서 있는
일본대사관의 문이여
봄이 오면 씀바귀 꽃들 금빛으로 살랑이는 들판이 아직
우리 땅에 빛난다
우리 땅이 아직 쓰디쓴 치욕의 맛을
꽃피우고 있다

일본의 공주를 미군 위안소에 위안 협력 보내는 일이
치욕이라면
우리도 꼭 그러했고
여전히 그러한 줄 알아라

초록 택시는 초록 택시가 가야 할 길을 갔을 뿐이고
— 영화 〈택시 운전사〉의 관객의 힘

천수호

노래의 장막을 뚫고
초록 택시는 초록 택시의 길을 갈 뿐이다
길은 더 훤해졌지만
아직도 갇혀 있는 진실이라는 주검들
여태 그 길을 달리게 한다

37년 동안 막힌 골목들
들어섰다가 나왔다가 또 돌아 나왔지만
아직까지 통과하지 못하고 있다
증언, 규명, 인권, 심판, 회복
이런 거친 길들이
출렁이는 몸으로 출구를 찾는 초록 누에처럼
아직도 관통하지 못하고 있다

사람들이 울부짖고 행진을 하고
또 총을 맞고 쓰러질 때
불심 검문과 야설(野說)이 막았던 길을
날조라는 바리케이드 더 단단히 둘러쳤다

겹겹이 막혀서 밤이 뿔을 달던 그날
뿔 위로 무수히 총탄이 날아들어도

윤전기는 달구지처럼 삐거덕거리기만 했다

왜곡, 반복, 왜곡, 반복
광주의 눈을 다 감겨도
이젠 천만의 관객이 불길 속을 함께 뛰고 있다
초록 뿔을 따라 이천만 개의 눈동자가 함께 달린다
인정(認定)과 처벌의 노면은 울퉁불퉁하지만
가야 할 길을 자신 있게 간 사람들
피 흘린 이들의 묘역은 가지런하게 누워서
할 말을 잊지 않고 있다

새들의 현장

최기순

썰물이 남긴 웅덩이마다
구름의 눈두덩이 붉다
아무것도 하지 않는 일상도 녹록치만은 않은가 보다

새들은 부리를 뻗쳐 들고 서로 경계하듯 두리번거린다
새가 발을 들어 올리면
몇 식구의 삶을 붙였던 의자가 사라졌듯
발자국에 검은 물이 들어차고 흙이 메워진다

어디서든 현장에 부리를 깊이 묻는 것들은 날쌔고 맹렬
하다
갯벌을 집요하게 물고 새들은 고개를 주억거리고 내달
리고 날아오른다

뜨겁고 차진 손이 새들의 부리를 쥐고 있는 듯
날아올랐다가도 서둘러 다시 내려앉는다

실업의 갯벌은 막막하고 역하고
발가락과 부리로 펄을 헤쳐 나가는 새들의 울음만 귀를
찢는다

무리에서 밀려난 새 한 마리

일몰의 수평선을 바라보다가

목을 꺾어

흙탕물 속 제 그림자를 골똘히 들여다본다

성주 사람

내 집에
저런 먹구름 들이지 마라.

내 가슴에
유기질 단내 나는 내 가슴에
저런 두려운 것 심지 마라.

내 곧은 눈
화톳불 이글거리는 두 눈에
저런 고약한 사술 피우지 마라.

내 가는 길
닿는 대로 평화이고 푸르던 내 길에
저런 철조망 치지 마라.

내 기침 소리
벌겋게 각혈하는 내 기침 소리
저런 불구덩이 외세는 아웃

시급 6470

최세라

초코파이 한 상자를 들었다 놓는다
인도의 달리트처럼
불가촉의 개돼지에게 한 상자의 달콤한 여름은 사치인가

흐린 눈으로 먹이통을 향해 질주하지 않건만
권력을 위해 사냥감을 좇다가 솥에 들어가지도 않건만

2017년 새로운 어록에 의해
우리 목소리는 컹컹 짖는 소리 꽥꽥 지르는 소음으로 환
전된다

때가 되면 뒤집어놓는 모래시계처럼
위 칸에 있던 권력은 개돼지의 아래 칸으로 내려가겠지만

개돼지의 분뇨 같은 모래를 받아먹으며
아니 고혈을 쥐어짜 삼키며
얼마나 오랜 지배를 꿈꿀 것인가
납작 엎드리며 제 분뇨 속을 뒹굴면서

한 시간 일하고 손에 쥔 시급으로는
약 지을 돈이 남지 않아 위염 진료를 포기하기로 했다
초코파이 대신 사발면과 잔돈을 선택했다

여름은 짤랑거리고
잔돈처럼 마냥 짤랑거리고 귓속을 쩔렁거리고
마침내 가로수의 잎새가 모두 동전으로 환전될 즈음

그들은 빗장을 질렀다
가축에게서 인수공통 전염병이라도 옮을까 몸서리치며

그러나, 본다, 우리는
지축이 서서히 각도를 움직여
계급의 모래시계가 뒤집히기 시작하는 것을

연애편지

최호일

소란한 신발들이 조용해졌다
신발장처럼 나란히

나는 네게 걸어갈 수 없어

하지만 매일 저녁, 노을의 습관처럼
우선 신발을 벗고
죽음의 하얀 목소리보다 조금 더 가까운 곳으로
너보다 더 가까운 곳으로

봄이니까
떨어진 안경을 주울게
너는 부끄러운 비밀처럼 발목이 희구나

늘 거기 있어
발목과 안경 사이에

몸이 없어도 이해해줘

배

한우진

배는 날고 까마귀는 떨어지네
배는 날고 까마귀는 떨어지네

아빠는 어디 계시니?
배

엄마는?
배

오빠는?
배

그 아이, 나이 먹지 않는 오빠의 사진을 품은 채 처녀가
될 것이고 어느 해 봄, 4월의 꽃을 든 신부가 되어도 여전
히 이 세상 더러운 물결은 칠 테지만

바닥부터 구멍 난 숙명, 모든 기만(deceit)은 배에 있다

까마귀는 떨어지고 배는 날아가네
까마귀는 떨어지고 배는 날아가네

(덧댐)

나는 슬픔으로부터 도망칠 수 없다.
나는 최근에 비올라로 채워졌다.

거미 인간

홍순영

지하에 사는 거미는 사람을 낳았다

자신의 영역이 확장될수록
불가능한 것을 가능하다고 여기는 오류가 태어나지

평생 할 수 있는 일이 거미집을 짓는 일이어서
그것은 일억 사천 년 동안 권태 없는 직업이어서
기적 없는 집 모서리마다 줄을 풀어놓는다
거미의 자식은 태어나도 우는 법이 없어
우는 소리를 듣지 못한 거미는
오늘도 하던 일을 계속할 뿐

사방에 뻗어 있는 거미줄 걷어내며 안쪽으로 들어섰을 때 거기
거미가 낳았으나 기르지 못한 사람, 얼룩처럼 누워 있었다
아홉 겹의 옷과 목장갑을 낀 채
오 년여를 숨어서 마침내 백골이 된 사람이
거미의 아기가 된 사람
거미가 키우려 했지만 포기한 사람이

철탑에 집을 지은 새

산문

정권도 바뀌고, 이제 이런 시를 써도 되겠다. 그동안 이런 내용을 쓰게 되면 진보나 좌파 전체를 호도하는 언론이 있어서 참았다. 집단에 대한 책임감 때문이다. 이 시를 문예지에 발표하여 문단에서 공유하겠다. 이 풍자가 힘이 있을지 없을지는 알 수 없다. 시에서 거시기가 좌나 우로 굽어 생리적으로 옷이 젖는다는 것은 중요하지가 않다. 그냥 재미의 배가를 위한 시적 풍자로 보면 된다.

진보나 좌파라는 용어가 웃음거리가 되어서는 안 되는데, 웃음거리가 되는 사례가 종종 있다. 개인이나 집단의 도덕적 해이가 진보나 좌파를 웃음과 조롱거리로 불러온 것이다. 1970, 80년대를 팔아먹고 살면서 생활이나 행동은 전혀 그렇지가 못한 사람들. 나는 소위 몇 년간 한 진보 출판사 내홍을 통해 여실히 들여다봤다. 과거 운동을 팔아 자기 잇속을 차리는 것을 확인했다.

그래서 정직하고 투명한, 단순한 양심만 가지고 있는 보통 사람 앞에서도 절절 매는 모습을 보았다. 한 사람은 고소 고발이 두려워 아예 문단에 나타나지도 못하고 있고, 한 사람은 사회관계망서비스에서 떠들어대더니 배임 증거를 들이대자 집필에 열중하겠다는 핑계로 슬그머니 사라졌다. 한 사람은 그냥 말도 없이 외국으로 도피했다. 도피 과정이 무책임의 극치다.

동지들의 개인과 집단에 대한 신뢰를 역이용하여, 견제가 느슨

한 점을 이용하여 횡령과 배임과 무책임과 공적 일에 태만을 드러 낸 것이다. 아울러 친일문학상에 대한 문단 내 논란은 아직 끝나 지 않았다. 이건 논란을 벌일 사항도 아니다. 문인의 도덕성과 양 심 문제다. 수치의 문제다. 작년에는 한 문학단체에서 육당문학상 (최남선)과 춘원문학상(이광수)을 만든다고 해서 다시 친일문학상 논란이 점화되었다.

진보 문인단체와 여론의 반대에 부딪혀 취소하기는 했지만, 어 처구니없게 한 대형 출판사에서 이들 상을 다시 제정하여 시상을 하고 있다는 소문이다. 문인들의 모임 자리 한쪽에서 여기저기 산 재한 친일문인을 기리는 문학상에 대한 지적과 비판과 이의 제기 가 강하게 있어야 한다는 논의가 있었다. 전국에 친일문인을 기리 는 문학상이나 잡지는 의외로 많다. 이런 논의는 지난 연말연초 촛불집회 참가 문인들의 뒤풀이 장소에서 무르익었다.

이상하게도, 아니 다행히 집회와 뒤풀이 장소에 유명하고 유력 한 문인들은 많이 보이지 않았다. 대형 출판사에 줄을 선 젊은 문 인들도 보이지 않았다. 70, 80년대를 거쳐온 늙은 문인들, 늘어가 는 문인들 입에서 청년 문인이 죽었다는 얘기가 나왔다. 그래서 마음껏 얘기할 수가 있었다. 문단에 영향력 있는 친일문학상 심사 자와 수상자까지 이름을 밝혀 부끄러움을 줘야 한다고 했고, 이런 글을 누군가 쓰기로 했다.   공광규

➤   세월호 3년상을 치르면서 사람들은 생각이 많아졌다. 권력 의 불편한 진실 앞에 놓인 사람들이나 여전히 진실의 눈을 보지 못한 사람들 빼고는 너나없이 세월호의 아픔을 자신의 가슴에 두 고 살았고 그 세월의 무게만큼 힘을 모아 세상을 변화시켰다. 하

지만 국민이 원하는 정부가 들어섰다고 과거처럼 들떠 있지만은 않다. 그동안 왜곡되고 꼬여왔던 현대사의 적폐들이 더 이상 '민주주의'라는 이름 아래에서 발붙이지 못하도록 다양한 목소리를 내고 있다. 그 안에는 국가의 무능과 폭력으로 생긴 상처들을 치유하는 움직임도 있다.

지난 2017년 5월 15일, 생명평화결사와 한국작가회의는 세월호가 출항했던 인천여객터미널 앞에서 '4·16순례길' 출발식을 가졌다. 7월 6일 진도 팽목항까지 53일간의 긴 순례길에 오른 것이다. 세월호가 지나던 바다를 마주하며 해안선을 따라 걷는 순례는 희생자들의 넋을 위로하고 다시는 이 땅에서 세월호와 같은 참사가 일어나지 않기를 염원하는 길이다. 많은 이들이 머리를 맞대고 오래 고민하고 준비한 4·16순례의 첫걸음은 2016년 9월 5일부터 10월 20일까지 45일간 순천의 대안학교인 사랑어린배움터 학생들이었다. 10대 청소년들이 아프게 세상을 떠난 선배들의 뱃길을 따라 걸어가며 많은 생각을 했으리라. 그 어린 학생들의 뒤를 '4·16희망의 순례단'이 이어갔다.

'4·16순례길'은 단순히 걷는 길이 아니라 마을과 마을을 잇고 사람과 사람이 만나서 서로의 마음을 나누고 서로의 등을 다독이는 소통과 상생의 순례길이다. 교회와 사찰, 성당, 교당 등 종교시설과 마을회관, 노인정 등에서 소박한 잠자리와 먹을거리를 내주고 각자 살아가는 이야기를 나눴다. 생명과 평화를 위해 우리가 무엇을 할 것인가에 대한 성찰의 시간이었다.

길을 걷는 구도자 도법스님은 "세월호는 결코 있어서는 안 될일이 일어난, 가슴 아픈 일이지만 온 국민이 자신의 일처럼 아파하면서 한 마음이 됐다는 점에서 인간사회에서 일어난 가장 거룩한 희생이기도 하다"며 세월호 문제를 잘 풀어내고 그 교훈들을 잘 실현하는 것이야말로 미래를 살아가야 하는 아이들을 포함한 우리 사회가 희망의 길로 가는 것이라고 했다. 그 순결한 첫 마음을 다짐하며 가는 길이 4·16순례길인 것이다.

순례길을 갈 때는 항상 '푸렁이'가 그려진 깃발이 앞장섰다. 안상수체로 잘 알려진 글꼴 디자이너 안상수 선생이 도안한 '푸렁이'는 세월호가 인양된 날, 영감을 받고 완성했다고 한다. 세월호가 바다에서 올라오는 모습과 평화의 촛불이 어울려 새싹이 되는 모습을 형상화했다. 그러니 이 '푸렁이'에는 '세월호가 던진 씨앗을 싹 틔우면서 희망을 키워야 한다'는 염원이 담겨 있는 것이다. 세월호는 주인이 주인 노릇 하지 않고는 이 나라가 잘될 수 없겠다는 자각을 던져주며 평화의 촛불을 들게 했다. 도법스님의 말씀대로 온 국민이 세월호에 빚을 지고 있는 것이다.

그 마음을 되새기며 태안과 서천 구간을 순례자가 되어 함께 걸었다. 묵언으로 걷는 길은 많은 생각을 던져주었다. 자연은 인간의 이기심에도 아랑곳하지 않고 자연으로서 제 역할을 다 한다는 것을, 크고 작은 동물들과 산과 들에 핀 들풀과 꽃들, 햇살과 바람은 인간보다 먼저 세상에 길을 내고 자연의 질서를 따르며 살아왔다는 것을, 그걸 거역하는 것은 인간의 이기심뿐이라는 것을. 지금 내가 누리는 안정과 평화들이 앞선 이들의 노고와 희생에서 비롯됐다는 것을. 4·16순례길이 산티아고 순례길처럼 많은 이들에게 성찰과 치유의 길이 되리라는 기대를 해보면서 나를 더 낮추는 길을 걷고 또 걸었다.   권미강

🛬 5월 1일은 근로자의 날이었다. 그런데 근로자의 날에 쉬지

않고 작업 현장에 투입된 비정규직 노동자들에게 사고가 발생했다. 삼성중공업 거제조선소에서 작업 중이던 타워크레인과 골리앗크레인이 충돌했다. 그 결과 타워크레인 구조물이 아래로 떨어져 건조 중인 선박을 덮쳐서 현장 작업 근로자 6명이 숨지고 25명이 다쳤다는 소식이었다. 노동절에 일어난 참사 소식을 접하는 노동자들과 그 가족들에게는 더 비참한 소식일 수밖에 없다.

이러한 안전사고가 반복되도록 방관할 것인가. 고질적인 안전불감증을 해소하는 데 얼마나 많은 시간이 더 필요한지 모르겠다.

'빨리빨리'라는 성과주의 사고방식을 개혁하지 않는 한 불행의 씨앗은 여전히 잉태를 계속할 것이다. 입으로 하는 개혁이 아니라 살과 뼈를 깎는 고통스런 개혁이 곳곳에서 이어져야 할 것이다. 비정규직 노동자의 노동 현실을 외면하지 말고 직시하여 이 비극의 고리를 과감히 잘라내야 할 것이다.　　　　　　　　권순자

➡　강정의 마을회관이 해군기지 정문 앞 충혼묘지에 천막으로 옮겨졌습니다. 해군의 강정마을에 대한 구상권 청구에 맞대응한 고육지책입니다. 그간의 활동 과정에서 생긴 벌금만 해도 4억 원에 이르는데, 이 돈을 마련하려고 마을회관마저 팔려고 내놓았는데, 이제 그 10배나 되는 액수의 구상권 청구라니요! "차라리 강정 주민들을 다 죽이고, 강정마을 재산을 모두 가져가라!"는 주민들의 절규가 가슴을 철렁하게 합니다. 해군기지가 완공되었다고 해서 강정의 싸움마저 끝난 것은 결코 아닙니다. 주민들의 아우성은 정의의 태풍을 부르고 평화의 질풍노도가 제주섬을 꼭 뒤집어놓을 것이라 믿습니다.　　　　　　　　김경훈

➡　인천 경인고속도로가 지나쳐 가는 한 켠, 8개월이 넘게 노

숙 투쟁을 이어가는 노동자들이 있다.

설 연휴를 3일 앞두고 조합원 62명 전원에게 해고 문자를 보낸 인천 동광기연. 3번째 방문, 찬바람이 기승을 부리는 봄날에도, 여름날에도 바람이 끊이지 않던 곳. 인천 작전동 동광기연 사업장 앞 인도 한 귀퉁이에 허술하게 서 있는 비닐 천막이 그곳이다.

회사의 경영 세습을 위해 부정한 방법으로 고의적 거짓 파산을 꾀하고 노동자들에게 고통 분담을 호소하며 불법 해고를 일삼은 동광기연에 경기지방노동위원회는 지난 5월 부당해고와 부당노동행위를 인정했고, 인천지방법원은 5월 19일 근로자지위보전 가처분 결정에서 "해고는 무효이며 동광기연 관계사도 고용 보장 합의서상의 고용 보장 의무를 부담한다"라고 판결했지만 여전히 사측은 어떠한 이행도 하지 않고 있는 실정이다.

뜨거운 여름을 지나 나무그늘이 서서히 가을로 기울어지는 이즈음 들려온 슬픈 소식. 작년 여름 사측의 강요에 버티지 못하고 희망퇴직서에 서명한 후 일 년 넘게 이어진 실직 상태에 좌절한 희망퇴직자가 스스로 목숨을 끊었다는 비보가 전해진 것이다. 그는 '미안하다. 사망'이란 문자메시지를 가족에게 남기고 안타까운 죽음으로 떠나갔다.

문자로 해고된 이후 8개월째 동광기연 담장 옆에서 노숙 투쟁을 하며 고용보장 촉구집회를 이어가고 있는 해고 노동자들에게 '희망'은 언제쯤 미소로 다가와줄 것인지. 이제라도 해결의 실마리는 마련되어야 하는 것 아닐까.

예나 지금이나 노동자들의 삶은 불안하게 연명되어온 것이 사실이지만, 최근에 이어지는 노동 현장은 백척간두의 그것과 다름아니게 느껴진다. 4차 산업혁명이 본격화되면 노동자들의 일자리는 더욱 치열한 처지에 놓여질 것이다.

노동자는 기존 사업자들과의 지난한 줄다리기와는 또 다른 고민을 해야 할지도 모른다.

그러나, 모두 사람의 일이다.

사람이 우선되어야 하는 일, 사는 일이다.

먹고 사는 일 만큼 일할 자유와 일한 만큼의 대가는 보장되어야 한다.

그것이 누군가의 지대한 이익 너머로 희생되어선 안 되는 최소한의 복지로서의 바탕이 아닐까.   김 림

🕊 한 번은 참여코자 벼르던 광화문의 촛불 행진. 12월 7일 차표를 구하지 못했다. 무작정 창원 중앙역으로 지인과 함께 갔다. 동반석 2좌석이 거짓말처럼 남아 있었다. 우리는 더없이 벅차고 아프고 타올랐다. 누가 촛불을 들고 설치는가, 그거 좀 들면 뭐가 달라지냐며 비아냥거리는 사람도 있었다. 우리는 확인해야 했다. 함께 섞여 그 뜨거운 무엇을 발견해야 했다. 아니라는 것을 알았으니 목이 터져라 외치고 달라져야 하기 때문이다. 어떤 설움이 이보다 서러울까. 안팎으로 진창이다. 귀담아 듣고 촛불, 횃불로 어둠살을 뚫고 나가야 할 때다. 광화문에 도착해보니 사방이 눈물바다였다. 너 나 할 것 없이 전단지를 나눠주고 독려하고 껴안아야 했다. 어둠이 짙어지면서 촛불이 번지고 횃불이 용광로 쇳물처럼 뜨거웠다. 차벽을 만들고 있던 경찰들, 광장에 합류하지 못해 빙빙 돌던 바깥 길에도 그 밤은 계속 빛날 것 같았다. 그 벅참을 안고 다시 창원행 심야버스를 타고 내려왔다.

여전히 우리는 촛불은 활활 타오르고 있다.

유모차를 몰고 나온 임산부, 백발의 굽은 등의 노부부, 한약을 나눠주는 한의사, 핫팩을 나눠주는 나들가게, 휴대용 방석을 건네

는 중년 부부, 하얀 개, 차벽 안팎의 아들들, 스치던 따스한 기운들, 웃음, 눈물. 이토록 낯선 이들을 따뜻하게 볼 때가 또 있을까. 그 밤을 그 붉음을 오래 걸었던 그 광화문을 오래토록 잊지 못할 것이다.

김명신

✈ 수많은 의문의 죽음들이 쌓여 있다. 산 채로 수장된 아이들이 있다. 세월호 희생자들을 인양했던 김관홍 민간 잠수사가 뒷일을 부탁한다는 말을 남기고 죽었다. 그는 잠수병을 앓으며 대리운전 기사로 생계를 꾸려왔다. 그의 아내는 홀로 꽃바다라는 꽃배달 쇼핑몰을 운영하며 살아내고 있다. 청와대 정윤회 문서 유출 사건으로 최 경위는 회유와 압박을 당하다가 자살했다. 경제는 막힌 하수구고 생활고로 자살한 국민의 숫자는 늘어가고 있다. 권력을 쥔 자들은 자기의 안위만을 살피고, 국가가 위험에 빠진 국민을 지켜주지 않는 것을 지켜보았다.

세월호의 진실은 영원히 묻혀 있지 않을 것이다. 수면 위로 모습을 드러낼 날이 다가오고 있다. 소중한 아들의 피를 먹고 쟁취한 민주주의는 짓밟혔다. 죽은 자와 산 자가 함께 권력을 쥔 그들을 심판해야 한다. 지금은 슬퍼할 겨를이 없다. 1차 2차 3차 대국민담화는 국민을 우롱하고 있다. 수천만 분노한 국민의 함성을 모깃소리로 듣고 있을지 모른다. 촛불은 더 분노하지만 악마는 묵묵부답이다. 꼼수를 부리는 그들은 광장의 촛불이 꺼지기를, 계단을 오르내리는 수많은 국민들이 지쳐 돌아가기를 기다리고 있다.

대통령과 국정농단의 각종 사건들은 막장 드라마보다 더 드라마틱하게 연일 방송사들을 점령하고 있다. 기함할 노릇이다. 첫눈이 내렸다. 낭만을 즐길 수 없다. 침묵은 죄다. 범죄자다. 굳이 한

나 아렌트의 말을 빌리지 않아도 우리는 안다. 지금 청산하지 않으면 이 권력은 영원히 부패할 것이다. 대통령만 물러나서는 안 된다. 거짓말을 하늘에 맹세했던 그 일당들 모두 제거해야 한다. 사죄하고 시죄해도 그 벌은 용서받을 수 없다. 아무것도 모르고 수장된 아이들이 돌아오지 않고 있으니까.　　　　　　　　김명은

🕊　아직도 촛불집회 때 있었던 분신과 투신 사건이 나를 무겁게 한다. 대통령 탄핵을 촉구하며 광장에서 분신했던 한 스님과 그것을 반대하며 태극기를 두른 채 아파트에서 투신했던 한 어버이. 그 둘 다 자신의 신념에 따라 목숨을 버렸을 것이다. 그런데 선악을 떠나, 그 신념이란 것이 얼마나 투철하고 소중하면 자신의 목숨을 버릴 수 있는 것인가. 생명이란 것이 어디에서 어떻게 왔는지를 생각하게 한다.

식물인간이 된 배 과수원 아저씨의 아들은 자신의 생명 연장을 스스로의 의지로는 거부할 수 없게 되었다. 가족들을 수십 년 동안 힘들게 하고 있지만 어쩔 수가 없다. 그런데 그에게 의식이 남아 있다면 자신의 생명 연장을 거부할 수 있는 권리가 그에게 있는 것일까. 그의 생명의 주인은 무엇인가.

누구나 한번쯤 생명에 대한 생각을 하겠지만, 나는 요즘 아주 단순하면서도 진지한 상상을 하고 있다. 진화생물학적인 관점에서 보면 나의 생명의 기원은 유전자라고 할 수 있다. 수십억 년, 짧게 잡아도 수만 년이나 지속된 유전자가 나의 생명의 기원이다. 단세포, 다세포, 유인원을 거쳐 구신석기 시대의 자연 재해나 맹수들의 공격을 가까스로 피하면서 지금까지 생명을 유지해온 것이다. 나의 유전자는 고조선 시대 흉족들의 학살이나 삼국 시대 혹은 발해, 고려 시대의 거란이나 징기스칸의 날 선 검이나 창들도 힘겹게 견뎌냈을 것이다. 저 끔찍했던 호란들과 왜란들 속에서

나의 유전자는 어떻게 살아남았을까. 어떻게 나의 유전자는 징용과 징병과 위안부와 한국전쟁을 건너왔을까. 그 간악과 잔혹을 어떻게 버텨냈을까. 나의 의지와는 무관하게 내 생명의 유전자가 그토록 지난한 세월 속에서 살아남아 지금 이 자리 이 시간의 나를 만들어낸 것이라면, 내 생명의 권리가 나에게 있을 수 있는가.

또한 생명의 기원을 창조설의 관점으로 보아도 나의 생명은 나의 것이 아니다. 신의 것, 천부인권(天賦人權)인 셈이다. 천지인의 조화라도 마찬가지가 아닌가. 그러므로 어떤 식으로든 나는 나의 생명을 거부할 권리가 없다는 생각이 든다.

우리의 유전자 속에는 불가항력적인 생명 유지 명령이 내재되어 있는 것 같다. 웃으면서, 죽지 못해 산다는 배 과수원 아저씨의 말을 들으면 서글프다. 우스갯소리가 아니라, 그게 사실이기 때문이다. 큰아들은 수십 년 동안 식물인간이고 아내는 중풍에 걸려 움직이지도 못하고, 어눌한 둘째 아들에게 소리나 지르면서 살아가는 그에게 무슨 낙이 있을까를 생각하면 마음이 아프기도 하고 다른 한편으로는 분노가 치밀어 오르기도 한다. 그는 죽을 수도 없는 것이다. 우리는 생명 유지 명령을 거부할 수 없게 되어 있다.

어쩔 수 없이 살아가야 하다니. 자식이 식물인간이고 아내가 중풍이며 미래가 죽었어도 살아가야 하다니. 바다 속에 수장되어 집으로 돌아오지 못하고 있는 어린 자식을 가슴에 묻고 살아가야 하다니. 사악한 자본의 논리를 뒤집어쓴 살균제로 인한 천추의 원통함 속에서도 살아가야 하다니. 국정농단의 패악질에도 살아가야 하다니. 내 부모형제자매와 친구와 동료의 생명을 해치는 핵무기를 운운하고, 전쟁 불사를 외치는 악마의 하수인들과 이 세상을 같이 살아가야 하다니. 어쩔 수 없이 살아가야 하다니.

이런 측면에서라면 삶은 얼마나 처절하고 애처롭고 서러운 것인가. 얼마나 초라하면서도 또 얼마나 화가 치밀어 오르는 일인

가. 그러나, 그러므로 우리는 서로를 위해 살아갈 수밖에 없다. 나의 생명을 살피면서 또한 다른 이들의 생명을 보듬어주는 일, 그것만이 우리가 할 수 있는 최상의 선택일 수밖에 없다. 혹은 분신을 하고 혹은 투신을 하지만 그것이 생명을 살리는 일인가 아니면 죽이는 일인가를 판단할 줄도 알아야 한다. 나와 너의 신념이나 확신이 생명을 근거로 생겨난 것인지도 정밀하게 살펴보아야 한다. 생명을 살리는 일에는 동참하고 생명을 죽이는 일에는 저항하는 행동도 지극히 자연스러운 일이 되어야 한다. 지금 한창 이루어지고 있는 문재인 정부의 적폐 청산도 제대로, 정말 제대로 잘 이루어져야 한다. 다시 말하자면, 우리의 모든 생각이나 행위가 생명의 편이냐 아니냐로 결정되어야 한다는 것이다. 몸과 마음이 '나'보다 가난한 사람들을 위해서 같이 큰 소리로 웃어주고 남몰래 눈물도 흘리면서 살아갈 수밖에는 없다는 것이다.

손바닥만 한 자갈밭 배 과수원으로 병든 식구들과 간신히 살아가고 있는 노인의 삶을 생각하면 보편복지의 실현이라는 것이 한없이 기다려진다. 한편으로, 까치들을 생각하면 자꾸 미워진다. 그들도 자신들의 생명을 위해 할 수 없이 배를 쪼아 먹는 것이겠지만 그래도 미워지는 것이 어쩔 수가 없다. 오늘 저녁에는 맛있는 죽이라도 싸들고 배 과수원 아저씨네 환자들을 문병할 생각이다.

김명철

존엄사에 대한 논란이 뜨겁다. 소위 웰다잉법으로 불리는 '호스피스-완화의료 및 임종 과정에 있는 환자의 연명의료 결정에 관한 법률'이 곧 시행될 예정이기 때문이다.

웰다잉법이란 '더 이상 회생 가능성이 없고, 치료해도 회복되지 않으며, 급속도로 증상이 악화되어 사망에 임박해 임종 과정에 있는 환자를 대상으로 심폐소생술, 혈액 투석, 항암제 투여, 인공

호흡기 착용 등을 중지한다.'는 네 가지 내용을 골자로 한다. 통증 완화를 위한 의료행위와 최소한의 물과 영양분, 산소의 단순 공급은 중단할 수 없다. 이때도 사전의료 의향서가 반드시 필요한데 인생의 아름다운 마무리를 스스로 결정하는 것이라 할 수 있을 것이다.

인체는 우주와도 같은 신비한 존재이기에 과학의 힘에만 의존하는 것은 분명 한계가 있다. 눈부신 과학의 발전에 힘입어 진단과 치료는 최고의 경지에 이르렀지만 여전히 모르는 병이 많고 치료에도 문제가 있는 경우가 많다. 명징한 과학에 의존할수록 인체의 모호함은 더욱 더 심해질 수밖에 없을 것이다.

존엄사란 표현은 '무의미한 연명치료 중단'이란 표현으로 대체되고 있다. 연명치료를 지속한다는 것은 삶을 연장하는 게 아니라 죽음을 연장하고 있을지도 모른다. 전혀 의식이 없는 상태에서 산소 호흡기에 의지한 채 목숨을 부지한다는 것은 환자뿐 아니라 그 가족한테까지도 고통을 전가할 수 있다. 삶과 죽음, 환희와 절망이 교차하는 의료 현장은 시의 현장과 무척 닮아 있다. 그것은 체험 삶의 현장이고 극한 작업의 현장이고 고통과 죽음이 맞닿는 현장이기도 하다. 은유의 그늘에 가려 빛을 발할 순 없지만 어둠 속에서 늘 구호의 손길을 보내고 있다. 황량한 벌판에서 외치는 그 현장의 목소리에 우리는 귀 기울여야 한다.   김연종

🛩   사라지는 모든 것들은 늘 눈물 나게 합니다. 가난한 어린 시절 아무리 먹어도 채워지지 않던 그 끝없는 허기를 경험해서 그런지 내 입맛에 맞는 음식이나, 음식점의 분위기에 집착하는 성향이 있습니다. 마음이 헛헛할 때 담양 관방천변 국수 거리에 자주 가는 국숫집이 있었습니다. 어느 날 그 단골집 가게 문이 닫혀 있

을 때 느끼는 허망함이라니……. '죽녹원도 방송에 여러 번 소개되고 2015년 대나무 박람회를 통하여 제법 많은 관광객이 찾아와 이제 장사 좀 제대로 하나 보다' 하고 있는데 건물주가 세를 턱없이 높여 올려주라 한다고 투덜거리던 주인의 넋두리를 들은 게 어제 같은데 그렇습니다. 결국, 쫓겨났구나 하는 생각이 듭니다.

주변에서 자주 가던 단골집 식당들이 하나둘 사라지고 있습니다. 여러 가지 다른 이유도 있겠지만 '젠트리피케이션'라 불리는 현상이 지방 소도시에까지 확대되고 있습니다. 젠트리피케이션 (gentrification)이란 신사 계급이라는 뜻을 지닌 젠트리(gentry)에서 파생된 용어입니다. 구도심이 번성하여 중산층 이상의 사람들이 몰리면서 임대료가 오르고 원래 거주하던 주민이 내몰리는 현상을 나타내는 말입니다. 1960년대 영국 런던에서 이 현상이 발생하자, 이를 설명하기 위해 1964년 영국 사회학자인 루스 글래스가 이 용어를 만들어냈다고 합니다. 젊은 예술가와 소상공인들이 터를 잡아 독특한 문화를 형성해내어 사람들의 발걸음을 끌어들이던, 어지럽고 가끔 지저분하기는 하지만 개성 있고 자유로운 활기가 넘쳤던 공간은 돈으로 처바른 거대하고 깨끗하지만 슬픈 공간으로 변하고 있습니다.

인간의 공간이 자본의 공간으로 바뀌는 젠트리피케이션은 사실 한국 사회 전체를 관통하는 중입니다. 자본을 앞세운 돈의 갑질, 자본을 가진 세력들은 돈이 된다 싶으면 하이에나처럼 찾아가 영세 상인이나 임차인을 내쫓고 마는 지금의 실태, 그곳이 돈이 되도록 일궈온 지난날의 노력과 수고는 건물주라는 이름으로 한순간에 소멸되고 맙니다. '적폐 청산'을 '큰 정치'에 맡길 것이 아니라 소규모의 삶에서 피부로 느껴지도록 실천할 방법을 모색해야 합니다. 더 이상 어쩔 수 없는 사회현상이라고 치부할 것이 아니라 이면에 숨어 있는 지역 상인이나 임차인들의 눈물을 닦아줄 수 있고 지역의 문화가 다양하게 꽃필 수 있도록 정부뿐만 아니라 지역 차원에서도 젠트리피케이션 특별법 제정과 상가 임대차 보호법 개정에 힘써야 할 것입니다.　　　　　　　　　　　　　김 완

✈　부산 도시철도 초량역 5번과 7번 출구 사이에는 우리 시대의 모순을 오롯이 품고 있는 조형물이 자리하고 있다. 일제의 착취와 수탈의 전진기지였던 북항 일대와 부산역 가까운 그곳에는 펄럭이는 일장기와 마주하며 꼿꼿한 자세로 한 치의 흔들림 없이 앉아 있는 그림자가 있다. 2015년 12월 28일 박근혜정부가 일본과 졸속적으로 처리한 한일합의가 있은 지 꼭 1년이 지난 그날, 이 '평화의 소녀상'은 구청에 의해 강제 철거되었고, 3일간의 정의로운 시민들의 싸움에 다시 제자리로 돌아올 수 있었다.

1991년 김학순 할머니의 용기 있는 증언으로 시작된 위안부 문제는 다음해 1월부터 종로 일본 대사관 앞 수요 집회로 이어졌고, 천 번이라는 지난한 싸움의 과정에서 탄생한 이 소녀상엔 그분들의 한 많은 삶처럼 굴곡진 역사를 바로잡고자 하는 미래 세대들의 바람과 준엄한 질책이 동시에 함의되었다. 어린 고사리손에서부터 교복을 입은 청소년과 대학생에 이르기까지, 이 소중한 가치를 지키려 수구 기득권에 맞서 싸우는 아름다운 모습은 이 땅 한반도에 적어도 평화를 싹틔울 한 줌 흙씨가 되지는 않을까? 청산되지 않은 역사는 끊임없이 되풀이된다는 사실을 우리는 해방 이후 지금까지 직접 몸으로 겪어왔기에, 이런 불의(不義)의 고리를 지금 세대에서 끊어내야 할 당위는 소녀상이 가지는 또 다른 의미일 것이다.

지난 8월 말엔 또 한 분의 위안부 할머니가 세상을 떠나셨다. 하상숙 할머니가 돌아가신 지 이틀 만에 생전에 이름을 밝히기를 꺼

려하셨던 당신은 모질게 이어온 이 땅에 고단한 육신만을 남기시고 노랑나비가 되었다. 눈을 감기 직전까지 할머니는 무엇을 생각하셨을까? 제국의 광기가 가녀린 그녀들의 인권마저 유린하고 온갖 수모와 굴욕을 강요했던 역사를 떠올리며, 가해자의 진정한 반성과 사죄를 바라지는 않았을까? 이제 이를 고스란히 기억하고 증언할 사람은 겨우 서른다섯 분밖에 남지 않았다. 국가가 기억하지 않는 진실을 우리 스스로의 힘으로 밝히고 기념하는 소녀상, 맨발로 주먹을 꼭 쥐고 앉은 바로 그 옆 의자에 그때의 수많은 고통 받은 소녀들이 배심원으로 영원히 앉아 계실 것이다. 그리고 마침 그 근처엔 임진년 왜구들과 맞서 싸우다 장렬하게 전사한 정발 장군의 동상이 마치 재판정 한가운데 서 있는 듯 묘하게 오버랩 되고 있었다.

김요아킴

꿈을 꿉니다. 키 큰 나무들이 자그마한 나를 둘러싸고 있는 숲 속입니다. 몽글몽글한 젖이 흐르듯, 뿌연 안개로 뒤덮인 숲에서 누군가 나를 부릅니다.

"아가, 아가, 아가……"

가위 눌린 듯 굳은 몸으로, 차마 터져 나오지 못하는 목소리로 나는 '엄마, 엄마, 엄마!' 속으로만 외치다 잠에서 깨어납니다.

나에게는 꿈일 뿐이지만 아이를 잃은 어미들은 얼마나 많은 나날, 악몽과도 같은 현실에 시달리며 피를 말렸을까요. 실제인지 악몽인지 구분할 수 없는 지경에서, 얼마나 몸부림을 치며, 얼마나 필사적인 저항을 하며 그대들은 여기까지 왔던가요.

2018년 4월 16일, 세월호 참사 4년 만에야 정부가 주관하는 합동 영결식이 치러졌습니다. 엄혹한 겨울을 보내고 '봄'을 파종하기까지 참 많은 시간이 걸렸습니다. 그러나 완전한 진실이 우리 곁에 오기까지는 아직 더 많은 투쟁과 기다림이 필요합니다. "진실은 언제나 시간이라는 발에 의지하여 절룩거리며 느릿느릿 걸어가는 것"이라고 철학자 발타자르 그라시안은 말합니다. 그리하여 2018년 봄은, 앞으로의 봄은, 무겁디무거운 진실을 인양하기 위한 또 다른 사투의 시간입니다.   김은경

➣   언어마저 도탄(塗炭)에 빠졌다. 없는 나라를 팔아먹은 이승만의 시대, 언어를 틀어막은 박정희 시대, 총칼로 정신마저 도륙당한 전두환, 노태우 군사정권을 거쳐 겨우 염치를 찾는가 했더니, 다시 도탄이다. 이 시대에 떠도는 언어는 정말 우리가 알던 언어였던가?

"부끄러움을 모르는 선비들은 글귀나 주워 모아서 세속에 아첨한다. 승냥이나 범도 남의 무덤을 파는 선비는 먹지도 않는다고 하는데, 이런 자들이야말로 그런 더러운 자가 아니겠는가?"

글귀나 주워 모아 세속에 아첨하고, 그 권력으로 재산을 쌓고, 손가락질하는 시민들의 손가락을 자르려는 자들, 입을 틀어막으려는 자들, 굶겨 죽이려는 자들, 일제와 미제는 이런 못난 것들에게 완장을 채웠고, 이제 그놈들이 이 사회를 거침없이 먹어치우고 있다. 정치도, 경제도, 사회도, 문화도, 노동도, 그 무엇도 도탄에서 허우적거린다. 지금 이 나라는 누구의 나라인가? 범도 안 물어갈 북곽(北郭)과 동리자(東里子)가 역겨운 구린내를 풍긴다. 썩었다.   김이하

➣ 그렇게 간단하고 쉬운 세월호를 왜 3년이 지나 이제야 인양하는 걸까?

200억이면 된다는데 왜 여태 있다가 1200억이나 들여 건지는 걸까?

국민이 조폭의 두목을 대통령으로 뽑았을까?

그 싱싱한 목숨들과 또 돈을 바꾸려 했던 것일까?

그 많은 돈을 그들은 내 나라 내 국민을 위해 쓰지 않고 어디다 쓰려는 걸까?

개인은 팔자 타령, 나라는 국운 타령만 할 시간은 모두 지났다.

세월호가 침몰하던 날에 이 나라를 뒤덮고 있던

어둠의 장막이 드디어 걷혔다.

뉴스란 새롭고 진실한 소식이 아니더냐.

재벌보다 더 무섭고 정경유착보다 더 파렴치한

정언유착이여! 사이비 매스미디어여!

너희의 자손이 후손이 훗날 낱낱이 기억하게 될진저!

씨는 뿌린 대로 거두나니! 손바닥으로 하늘을 가리는 것들이여 각성하라!

김자현

🐦   이명박근혜정권 국정원은 대선 댓글 공작을 했다. 문화계 블랙리스트를 작성했다. 304명의 어린 목숨을 수장했던 2014년 4월 16일 세월호 참사에 대한 진실 규명을 방해했고, 아직도 돌아오지 못한 다섯 분은 차가운 바다 속에 누워 있다. 밀양 골안마을에 고압 송전탑을 군사 작전하듯 건설했고, 인류의 재앙인 원전을 없애기는커녕 증축하고자 했다. 아시아태평양전쟁에 강제로 끌려가 성노예 생활을 했던 할머니들은 줄곧 일본의 전쟁범죄 인정, 공식 사과, 법적 배상을 요구해왔다. 그러나 한일 정부는 할머니들을 배제하고 한일위안부 합의하여 할머니들의 명예를 훼손하고 역사를 지우려 했다. 그뿐만이 아니다. 국민의 합의도 없이 한일군사정보보호협정도 모사를 꾸미듯 체결했다. 중국을 방어하기 위해 미국의 최전방 한국에 사드를 배치했고, 그래서 한반도를 세계의 전쟁터로 만들었다. 한국사 교과서를 국정화해 임시정부

를 부정하고 박정희의 친일을 은폐했고 그의 독재를 미화했다. 권력을 자기 호주머니에 집어넣고 민간인 여자와 국정을 마음껏 농단했다. 마침내 이 나라의 주인들은 분연히 일어나 박근혜 정권의 오만과 불통과 무능과 무지와 부정부패를 일소하고 무혈촛불시민혁명, 탄핵으로 심판했다.   김정원

➤   반만년의 역사라 했던가?
   그 역사 어느 한 페이지에 민중이 권력을 이겨본 적은 있었던가? 그것도 한 촉광 창칼 없는 촛불로……

   비로소 위대한 민중 승리의 역사가 시작됐다.
   이 짜릿한 맛, 승리의 DNA는 우리 후손들의 핏속에도 힘차게 흐를 것이며, 그 자신감은 어떠한 폭정과 적폐에 맞닥뜨려지더라도 이 땅의 평화와 자유, 민중의 권리와 존엄을 능히 지켜낼 수 있는 강력한 에너지로 저장되어 억만년은 족히 활용될 것이다.

   매서운 엄동설한 칼바람 앞에서도 절대 기죽지 않고 진분홍 꽃을 당당히 피우는 저, 애기동백 산다화처럼 말이다.
                                                    김진수

➤   얼마나 더 많은 노동자들의 희생이 따라야 사람 사는 세상이 올까, 얼마나 더 깊이 절망해야 우리 앞에 희망찬 세상이 펼쳐질까. 턱밑까지 치미는 죽음의 벼랑 끝에 선 채로 고통 받는 이웃들에게 무엇 하나 제대로 해줄 게 없기에, 해결할 아무런 방편조차 떠오르지 않기에, 그 무력감에 가슴 무너지는 날들이 허다하다. 미약하게나마 함께 마음 모아주고 돌아봐 주는 일, 먼저 손 내밀어 굳게 잡아주고 따스한 눈빛 한 번 건네줄 수 있음에, 또 이렇

게 펜에 힘을 주어 변변찮은 위문의 시라도 한 편 써서 읊어줄 수 있음에 소소하게 위로를 삼는다. 어둑하고 낮은 곳에서도 성실하게 살아가는 노동자들이 배터지게 웃을 수 있는 세상, 진정 행복함이 마땅한 그런 세상이 하루 속히 도래했으면 좋겠다.

김채운

🕊 지금 이 나라 사람들은 2014년 4월 16일이라는 상흔을 안고 살고 있다. 그러나 그것을 상처로만 생각하지 않는다. 대한민국이라는 나라에 모든 구조적 모순을 극복할 수 있는 시작과 끝이라는 결연함이 많은 사람들의 의식을 지배하고 있는 것이 사실이다. 우리의 지금은 4월 16일이고, 4월 16일을 올바로 규명하고 난 이후가 새로운 시작을 의미하는 미래라는 것이다. 1,000일이 지났다. 하지만 우리의 역사적 의미에 시간은 여전히 4월 16일에 머물고 있다. 그런 얼음덩이에 균열을 내고 올바른 실체를 규명하는 것이 다음 시대로 한 걸음 옮겨 딛을 수 있다는 의미인 것이다. 그리고 내가 내게 총 한 자루 쥐여준다면 더 이상 2014년 4월 16일에 참혹한 역사에 머물러 있지 말고 내가 탄환이 되어서라도 2014년 4월 16일의 진실을 규명하기 위해 기여하고 싶다는 간절한 소망을 담아보았다. 2014년 4월 16일의 나라와 그 후의 나라로 역사를 진전시키고 인간과 인간의 가면을 쓴 대결에서 반드시 인간의 승리로 이끌어갈 수 있기를 기대하는 것이다. 지금 내게 "그것이 유일한 희망 그리고 소망"이다.

김형효

🕊 박근혜 씨가 지도자로 뽑히는 것조차 이성적이지 못하다고, 일찍이 생각했다. 출신 정당의 정권 실적이 결코 다시 지지를 받을 수 없는 상황임에도, 다시 그 정당의 인물을 지도자로 선택한

다는 것은 이해되는 현실이 아니었다. 그 당시 박근혜 씨가 나라의 최고 지도자로서는 위험한 요소가 있고, 자질이 안 된다는 것이 가까운 정치인들 사이에서는 이미 공유되고 있었을 텐데도, 자기 자신들의 영달을 위해서 박근혜 씨를 앞세웠던 그 정당과 그 정치인들의 죄질은 아주 악질적으로 나쁘다고 생각한다. 믿기 어려운 현실이다.

박근혜 씨가 대통령으로 근무하는 동안, 국민 대다수는 정신적으로 매우 고통스러운 시간을 보내왔다. 나쁜 일이 발생하면 더 나쁜 일로, 더 황당한 사건으로 그 일을 덮어온, 나쁜 일로 점철된 시간이었다. 그것이 현실이었다. 그러는 동안 경제는 더 나빠지고, 남북관계는 악화되고, 외국 군대는 더 나라에 들어오고, 전쟁의 위험은 높아지고, 국가부채는 상상 초월로 많아지고, 젊은이들은 헬조선을 부르짖고, 국격은 곤두박질치고, OECD 국가 중 나쁜 것은 거의 독차지했다. 사건이 발생하고, 대통령의 발언이 있을 때마다, 도저히 이성적으로는 믿을 수가 없는 사건이고, 발언이었다. 정말 기가 막힌 현실이었다.

시가 현실의 상황을 따라갈 수가 없다. 시 창작의 기법들인 '낯설게 하기'와 '상상력의 극대화' 그리고 이질적인 단어의 충돌에 의한 '이미지 발생'들이 박근혜 정권하에서는 시를 훨씬 넘어서버렸다. 정말 황당한 현실이다. '상상할 수 없는 사건과 언술, 처리 과정 그리고 그 이질적인 낯섦과 비극적 이미지 발생'이 바로 그것이다. 박근혜 · 최순실 정권하에서 시는 기절해 있거나, 신음하거나, 울거나, 비명을 내지를 수밖에 없다. 이것이 현실이다.

나해철

✈   아침 출근길마다 마주치는 지역난방공사 굴뚝을 쳐다보면, 저만한 높이에 지금 이 순간에도 서울 목동 75미터 굴뚝에 올라가 있는 홍기탁, 박준호 두 노동자를 생각하게 된다. 날씨가 추워지면 어떻게 견디나, 그들 걱정이 먼저 된다. 내가 세상 걱정을 다 뒤집어쓰고 사는 사람이라서가 아니라 지금은 밑에서 그들을 뒷바라지하는 차광호 노동자가 408일 동안 왜관 스타케미칼 38미터 굴뚝에 있을 때의 그 풍경이 떠올라서다.

차광호 노동자가 408일 동안 굴뚝 농성을 할 때 나는 진료를 위해 10번 그 굴뚝을 올라갔다. 난 지금도 그때의 스산한 풍경을 잊을 수가 없다. 비닐 천막으로 버티는 겨울은 더 말할 필요도 없었다…… 그 긴 시간을 홀로 견뎌준 차광호 노동자에게 나는 늘 경의를 표한다. 그런데 이번에는 그때 밑에서 뒷바라지와 투쟁을 조직하고 있던 홍기탁, 박준호 두 노동자가 올라갔다. 그 소식을 들으며 막막했다. 그저 막막하다, 는 마음만 들었다. 세상은 늘 이래왔다는 걸 알면서도, 이러지 않아야 한다는 것도 알면서도 나는 막막하다는 생각밖에 할 수가 없었다.

그러나 세상이 이만큼이라도 버텨온 것은 질 수 있음을 알면서도 싸워온 많은 사람들 덕분이라고 나는 생각한다. 싸움은 이길 수 있는 싸움만 하는 것이 맞지만, 이것이 진리 명제이기 위해서는 역설적이게도 이길 수 없음을 알면서도 투쟁해온 많은 비극적 영웅들이 있어서였다. 그리고 그것을 기억과 눈물 속에 묻고 살아온 민중들의 힘을 통해서라고 나는 믿는다.

기억하고 인식하지 않으면 우리는 이길 수도 없고, 살아갈 수도 없다. 75미터 굴뚝 위에 두 노동자가 있다. 기억하고 인식하자. 공간적으로 함께할 수 없을지라도 그들이 지금도 저기 있음을 잊지 말자. 아파서 얼굴 찡그린 나의 이웃들이 바로 내 앞에 있음을 눈을 뜨고 지켜보고, 기억하자.
　　　　　　　　　　　　　　　　　　　　　　　노태맹

✈ 2017년 5월 9일, 9년 5개월 만에 정권이 교체되었습니다. 소통 부재와 음모적 국정 운영으로 일관해왔던 권위주의 정권이 촛불 민심에 의해서 심판을 받은 것입니다. 가슴 벅찬 일입니다. 물론 현실정치에서는 대통령의 의지만으로 모든 것을 이룰 수는 없을 것입니다. 자신의 공약을 밀고 나가 관철시키기 위해서는 앞으로 험난한 과정이 기다리고 있겠지요. 하지만 숫자의 정치와는 무관하게 그 모든 것을 가능하게 하는 힘이 있습니다. 바로 국민의 뜻입니다. 설사 다른 정치세력들의 몽니에 어려움을 겪게 될지라도 국민이 원하는 정치를 펼친다면 국민들로부터 지지를 받게 될 것이고 그것이 정국돌파의 원동력이 될 것입니다. 일국의 모든 권력은 국민으로부터 나오는 것이기 때문입니다.

하지만 지금껏 대한민국의 정치세력들은 말로만 국민을 위한다고 했을 뿐 실제로는 자신의 정치적 이익을 위해 국민의 뜻을 배반한 적이 한두 번이 아닙니다. 그러한 정치세력들은 결국 국민들에 의해 심판을 받게 되고 정치적 몰락을 경험하게 된다는 것을 우린 역사를 통해서 매번 확인해왔습니다. 그런데도 정치인들은 도무지 과거의 경험으로부터 깨달음을 얻지 못한 채 소탐대실하다가 국민으로부터 외면당하는 전철을 반복하고 있으니 참으로 안타깝고 슬픈 일이 아닐 수 없습니다. 탈(脫)권위와 소통을 주창하고 나선 신임 대통령은 이 모든 전철을 반면교사 삼아 국민들이 살맛 나는 국가를 만들어주었으면 하는 바람입니다. 국민의 뜻에 부합하는 정책이라면 좌고우면하지 말고 끝까지 밀어붙여 관철하는 강력한 지도력을 발휘해주길 바랍니다.

정권 초기에는 떠들썩하게 신선한 정책을 제출하고 실천의 의지를 표출하다가도 시간이 갈수록 용두사미가 되어왔던 앞선 정치인들의 전철을 우리는 기억합니다. 신임 대통령은 절대 초심을 잃지 말고 끝까지 국민에 의한, 국민을 위한 정치를 펼쳐나가다가 퇴임 때에는 모든 국민들의 박수를 받고 청와대를 나서는 그런 대통령이 되어주길 바랍니다. 그것이 압도적인 표 차이로 자신을 지지해 준 국민들에게 보답하는 길일 것이고 역사로부터 긍정적인 평가를 받는 대통령이 될 수 있는 길이겠지요. 그렇지 않고 다시 반동적 흐름에 무릎을 꿇고 '그들만의 공화국'의 대통령으로 전락하게 된다면 앞선 권력을 권좌에서 끌어내린 도저한 국민의 분노는 그 칼 끝을 다시 현 정부에게 겨누게 될 것임은 당연한 일일 겁니다.

아울러 촛불혁명을 부정하고 국민들의 승리를 도둑질하려는 음모적 세력 또한 더욱 발호할 것이 분명합니다. 강고한 결의와 냉정한 자세로 반민주권력의 잔재와 그 부역자들을 완전히 발본색원할 때까지 국민들 또한 긴장을 늦춰서는 안 될 것입니다

문계봉

➤ 나는 2005년부터 경기도 광주 나눔의집에 계시는 일본군 위안부로 고통 받은 할머니들과 꾸준히 인연을 이어왔다. 당시 할머니들을 주제로 한 시 낭송과 직접 증언을 듣는 문학 행사는 여러분들이 최초라는 나눔의집 사무국장님의 말이 기억난다. 그때 나눔의집 문학한마당 진행을 맡았던 소복수 시인을 비롯 여성 시인, 작가들은 할머니들의 생생한 증언을 듣는 시간 내내 눈물을 흘리며 말을 잇지 못했다. 아마 참석자 대부분은 할머니들의 증언을 들으며 일제 식민지 역사에 대한 울분과 일본에 대한 분노의 감정이 치솟기도 하였다.

2008년 세상을 떠나신 지돌이 할머니는 참 말씀도 없고, 늘 차

분한 분이셨다. 이 가을처럼 날씨가 차가운 계절이 다가오면 늘 털모자나 검정 벙거지를 눌러쓰고, 따뜻한 햇볕 아래 혼자 있기를 좋아하셨다. 나눔의집을 방문할 때마다 할머니에게 인사를 드리면 가느다란 미소를 지으며 여린 팔을 흔드신다. 간혹 아픈 과거사가 기억나는 날이면 중얼중얼 타령조로 혼잣말을 즐기신다. 젊은 날의 서방님도 생각나고, 중국에서 참 힘겹게 키워낸 아들, 딸들의 모습도 살아나시는가 보다. 나는 가끔 할머니의 손등을 어루만지며 침묵의 시간을 나누기도 했다. 나는 할머니 손등의 체온으로만 이야기를 듣고, 가는 눈빛으로만 순정한 17세 처녀적 과거사를 아프게 느꼈다. 그러다 얼마 전 할머니에 대한 시를 썼다.

금년 7월 세상을 떠나신 김군자 할머니께서는 어느 핸가 상당히 상심한 듯 속내를 털어놓으셨다. 그곳 할머니들은 일상처럼 점심을 드시고 나면 소화도 시킬 겸 나눔의집 인근 마을을 산책하셨다고 한다. 그런데 어느 날 동네 어귀를 지나는데 그 동네에 사는 같은 또래 할머니들이 김군자 할머니 일행을 보고 왜정 때 일본 군인에게 많이 당해서 정신이 이상해졌다느니, 일본 남자들에게 몸판 여자라는 등등 수군거리며 손가락질하는 것을 보고 여간 속상한 게 아니었다고 들려주시었다. 그 일이 있은 뒤로 동네 산책은 하지 않는다고 한다. 일제강점기 강제로 납치되다시피 이국땅으로 끌려가 온갖 고초를 겪으며, 처절하게 살아온 할머니들에게 같은 여성으로서, 또는 동시대인으로서 위로의 손길은 건네지 못한다 해도 아픈 상처에 덧을 내는 일은 하지 말아야 한다.

우리는 나눔의집을 방문할 때마다 역사의 어머니이기도 한 할머니들께 아들, 딸의 심정으로 시 한 편씩을 낭송했지만, 그러나 그분들의 가슴에 얼마만큼의 위로와 우리의 뜻이 전해졌을지, 그저 깊은 회한과 한없는 죄책감을 안고 돌아오곤 했었다.

문창길

✈ 지긋지긋한 별이다.

  다른 건 온전하고 사람만 망해버려라.

박광배

✈ 살아가는 캄캄한 얘기들이 도처에 있고 내 시는 아픔 깊숙한 곳에 가지 못하고 안방에서 옹알이를 하는가……. 내 머리맡의 시는 스스로 말라 있다. 거기에 가 있지 않고 쓴 시들은 활기가 없고 마음 아프다.

  하여, 시인은 '2016 강정생명평화대행진' 제주섬 한 바퀴를 걷는 행진 대열의 폭염 속으로 기꺼이 걸어들어 갔다. 밀양 송전탑 건설을 반대했던 어머니들과 슬프고 분한 표정의 세월호 유가족들, 쌍용자동차 노동자들, 용산 참사 대책위, 미국재향군인회 관계자 등을 만나 함께한 것은 나에겐 행운(?)이었다.

  제주는 더 이상 낭만과 로맨틱의 이름이 아니었다. '평화야 고치글라(같이 가자)!' '구상권을 철회하라!'를 목청껏 외치며 5박 6일을 걷고 또 걸었다. 마음이 처절하고 비장해졌다.

  곧 추석이 다가온다.

  "미국에도 보내줄게
  땅콩강정 깨강정
  청와대에도 보내줄게
  땅콩강정 깨강정
  제주에도 하나 밖에 없는 강정 달라고
  아이들의 강정은 뺏지 마"

— 상식이밴드, 「땅콩강정 깨강정」 부분

얼마나 절망적이고 비통한 여름이었던가!

시인에게 사무친 제주의 슬픔에 이어 한반도는 위기다.

시대정신이 담긴 시 쓰기의 절실함을 담아

정다산 선생이 강진 유배지에서 고향의 두 아들에게 보낸 편지 글을 빌려 옮긴다.

"不憂國非詩也"

나라를 걱정하지 않는 것은 시가 아니다.   박구경

🐦　많은 죽음이 있었다. 사방에서 못 살겠다고 아우성이다. 이 럴 때 시를 쓴다는 건 무엇인가 생각해본다. 어느 노시인의 말처 럼 '시인은 먼저 우는 자고 가장 나중까지 우는 자'다.

용광로에 빠져 죽은 청년이 있다. 그의 꿈과 추억까지 알뜰히 삼켜버린 쇳물. 쉼 없이 굴러가는 일상 속에서 시시때때로 나는 청년을 발견한다. 숟가락이 되어 내 식탁에 놓여 있을지도, 어쩌 면 자동차의 일부가 되어 이 시간에도 거리에서 굴러다니고 있을 지 모르겠다.

이 시대 청년들의 삶은 팍팍하다. 어디 청년만 그러할까. 거대 자본의 힘으로 환멸도 기대로 만들 수 있는 대한민국 주식회사. 이곳에서 나는 어느 정도의 지분을 가지고 있는 건지. 아니면 나 도 '메이드 인 코리아'로 판매대에 진열되고 있는 걸까.   박설희

🐦　어언 그날의 눈물은 화석으로 변했는지. 도무지 그 자초지 종을 들을 수 없는 이 사연에 정말 지금도 도굴된 국가는 큰 품만 있을 뿐이지, 자락이 없음을 지적하지 않을 수 없다.

소리 없는 범죄자들이 우글거리는 국가, 그것을 어찌 국가라 할 수 있겠는가. 그 범죄자들의 빨간 눈깔을 보지 못한단 말인가? 평형수 뺀 자리에 미 제국주의자들 설계를 완성하려 철 가닥을 채우고 304명을 임의로 수장시킨 자들을 단죄하지 못하는 것이 도굴된 국가의 적폐가 아닌가 말이다.

제주 강정마을 제국주의를 신속히 완공하려 쇳가닥을 총 적재량과 무시하고 더 많이 싣도록 지시한 음지에 웅크린 자들, 그들을 찾아 징치하는 일이 3년을 더하고 얼마를 더해야 저 304영혼들에게 변명할 수 있다는 것인지 그저 민중을 현혹시키며 지지율에 조력하는 적폐 청산에 전전긍긍하는 이것이 국가인가? 도굴된 국가를 바로세우는 것이라 강변하는 한, 국가는 없다고 단언한다. 조시위원회의 세세한 활동을 실시간 공개하라는 것이 촛불의 지시이고 명령이란 사실을 까맣게 잊고 있는 것은, 민중을 기만하고 수장된 304혼령을 욕되게 한다는 사실을 한시라도 잊지 않을 때 국가가 있고 존재하는 이유라 본다.

그 어떤 적폐보다 매국의 길에 생명을 경시한 자들, 그들을 찾아 징치하는 것이야말로 최우선의 적폐를 청산하는 길이고, 국가가 존재하려면 수장된 꽃들이 교실로 돌아오지 못하는 그 아픔을 우선순위에 둘 때 국가는 있다. 그렇게 말할 수 있을 것이다

지금은 도굴된 국가, 국가는 없다. 단언하는 심상작(心想作)이었습니다.

박희호

🕊 세월호 학살 사건이 일어난 지 3년이 되어간다. 진실 규명이나 책임자 처벌 등 어느 것 하나 해결된 것도 없이 세월호특별진

상규명위원회는 해체되었고 유가족들은 추운 날씨에도 광화문광장을 떠나지 못하고 있다.

박근혜 대통령 측근인 비선실세들의 국정농단으로 민주주의는 완전히 파괴되었고 절차를 무시한 청와대의 조폭 같은 범죄가 낱낱이 밝혀지는 과정에 있다. 11월 첫 주에는 광화문에 성난 20만 개의 촛불이 타올랐으며 두 번째 주인 12일엔 100만의 군중이 모여 박근혜 하야를 목청껏 외쳤다. 세월호 사건 때의 국정 공백인 대통령의 7시간 실체가 벗겨지려는 순간이지만 소문은 무성한데 아직 명징한 실체는 밝혀지지 않고 있다. 하지만 청와대에서 300명 인신공양의 굿을 했다는 소문에 나는 온몸에 섬뜩한 소름이 돋는다.

인신공양이라니……그래서 집요하게 구조를 방해하고 일부러 배를 가라앉힌 것일까? 그래서 그토록 숫자에 집착했던 것일까? 배가 완전히 가라앉자 대통령은 그제서야 뻔뻔한 얼굴로 히죽이며 나타난 것일까? 구명조끼를 입었는데 그렇게 구하기 어려우냐고 모르는 척 눙치듯 물었던 것일까? 제의하듯 죽어가는 장면을 전국에 생중계하고 온 국민을 고통 속으로 몰아넣었던 것일까? 이 얼마나 끔찍한 일인가?

이 대명천지 21세기에 대통령이라는 사람이 미신에 의지해 청와대에서 굿판이나 벌이고 국민의 생명을 벌레만큼이나 천시하는 인간성이라니……믿기 어려운 일이다. 그러나 무엇을 상상해도 박근혜정권의 국정농단은 상상 그 이상이다. 그동안 너무 비상식적인 행동들이 노출되어 소문으로만 치부할 수 있는 사건은 아닌 것 같다.

절망감에 지친 세월호 유가족들의 소박한 희망을 위해서라도 더 이상 박근혜를 대통령 자리에 놓아두어서는 안 된다. 범죄 조직이 나라를 좌지우지하게 놔두면 안 된다. 하야가 답이다.

(지금 세월호 참상 4주년이 넘어가는 때, 현 정권은 문재인 대통령이 이끄는 민주정권이고 모든 것들이 제자리를 찾아가는 과정에 있다. 아직도 국정농단에 협조한 세력들의 저항이 만만치 않지만 국민들이 쟁취한 문재인 민주정부는 국민들의 힘으로 뚜벅뚜벅 전진할 것으로 믿는다.)

성향숙

윤리적인 희망은 무엇일까? 2월 27일 탄핵 최종변론일이 끝났다. 특검의 연장도 황교안 권한대행의 불승인으로 끝이 나고 말았다. 현실정치에서 불승인을 할 것이라는 것을 뻔히 예측하면서도 혹시 승인을 하지 않을까 하는 희미한 희망을 끝까지 버리지 못한 사람이 나뿐만은 아니었을 것 같다. 최종변론이 있은 후 14일 이내에 박근혜 대통령을 탄핵할 것인지 탄핵을 기각할 것인지는 이제 헌법재판소 재판관들의 손에 남게 되었다. 대통령 변호인단의 최종변론일 연장에 대해 헌법재판소가 단호하게 대처하는 모습을 볼 때 희망의 평수를 조금 더 키워도 된다는 생각이 들었다. 헌법재판소 재판관을 살해하겠다는 박근혜 대통령을 지지하는 시민의 쓸쓸한 협박 소식을 기사를 통해 접할 때 희망에는 여러 종류가 있으며, 그 희망이 어떠한 것이든 수용하면서도 윤리적인 희망은 무엇인지 자문하지 않을 수 없었다. 법 앞에서 누구나 평등하다는 법의 정신이 최종 판결을 통해 그 모습을 곧 드러낼 것이다. 꿈을 꾸고 희망하는 것만으로 끝나지 않았던 대한민국의 과거 역사를 통해 광장에 모였던 촛불들은 여전히 불안과 공포를 안고 마지막 판결을 남겨두고 있는 헌법재판소를 향해 서 있다. 부디 법 앞에서 누구나 평등하다는 법의 정신이 대한민국에도 뿌리내리고 우리가 한 번도 경험하지 못한 새로운 역사가 시작되기를.

안주철

➤ "그 배서 지 새끼라두 죽었댜? 지가 뭐라구 나선댜? 먹구 살기두 바쁜디?"

"그늠의 시월혼지 니월혼지 그만 즘 울겨먹으라구혀! 지겹다."

"가소로운 찌질이……. 야, 냅둬라 저러다 저만 다치지."

새벽차로 서울에 올라가야 한다는 말에 지역 늙은이들이 내 뒤통수에 붙이는 빈정거림이었다. 그 빈정거림에 발끈하고 싶었다. 만약 내가 반응했다면 그들은 밝지 못한 내 귀 탓으로 돌렸을 것이었다. 의도적으로 가는귀먹은 네가 들어봤자 무슨 수를 내랴? 우린 꼭 이런 욕을 해대야겠댜'였다.

그들 말대로 나랑 아무런 관련 없는 세월호 사고다. 자식 없는 내 아이가 죽었을 리 없고 일개 필부만도 못한 자가 나서봤자 무슨 힘이나 될까? 도리어 다치기 십상이다. 또한 먹고사는 일도 일자리 없어 고민하는 이들보다 부담이 더하면 더했지 덜하진 않을 처지다. 그래서 이런 일에 나서기 싫었다. 밉상스러운 얼굴이 팔릴까 봐 싫었고, 일 없는 시간이라도 빼앗기기 싫었고, 병약한 몸으로 힘들이기도 싫었고, 주제넘고 꼴값하는 짓이라서 싫었다. 사고 당시엔 놀라고 안타깝고 슬프고 분개했지만 직접 나서기는 싫었다. '그런 의문의 인재사고는 처리의 기본이 있으니 정부가 그 기본만큼이야 하겠지' 하고 믿고 기대하며 기다려왔다. 어쨌든 안타까움과 놀람과 슬픔과 분개를 그러저러한 핑계로 메우며 나 스스로를 통제했었다.

그랬음에도 세월호 특별조사위 연장 촉구를 위한 단식투쟁 이어가기는 참여하지 않을 수 없었다. 참여해보았자 힘의 보탬이 될 수 있을 것 같지 않아 싫고 싫었지만, 참여하지 않고는 나 스스로에게 오래도록 부끄러울 것만 같아 용기를 냈다.

모든 국민이 아시다시피 세월호는 의문이 많고 인재로 여겨진 사고다. 몇 푼씩 보상만으로 끝낼 일이 아니고, 반드시 의문들을 제대로 밝혀야 할 일이다. 국가는 알 권리가 있는 국민에게 그 의문을 풀어주고, 같은 사고가 다시는 일어나지 않도록 방비해야 할 책임이 있다. 사회를 계도해야 할 정치권은 힘을 모아 국가가 그 책임을 충실히 해내도록 도와야 한다. 그 돕는 것이 정치권의 기본 의무다. 그 기본 의무를 다 해주어야만 가치관이 바로 선 사회가 되고, 국민의 무한한 신뢰와 충성을 얻는 국가가 될 수 있기 때문이다. 그런데 그 기본 의무를 못 하는 것도 아닌, 안 하고 대충 보상 몇 푼만으로 덮어버리려는 이 정권이다. 사회를 바로 계도해야 할 정치권이 그 본분을 너무 뻔뻔스럽고도 교악하게 저버리고 있는 것이다.

이 가소로운 찌질이의 눈에도 그 꼴이 몹시 거슬려 두고 볼 수만은 없겠다. 세월호 특별조사위의 연장을 반대하는 국회의원들께 여쭌다. 특별조사위의 예산이 아깝다고 여기는 국회의원들께선 과연 세비와 판공비를 받는 만큼 그 역할을 제대로 하고 있다고 자신하는지? 그동안 정치권은 허비하거나 낭비한 예산이 전혀 없는지? 있었다면 그때마다 하던 일에서 손을 털었는지? 특별조사 비용이 아까운 만큼 다른 일의 예산을 잘 아끼는지? 아니면 국민의 의문을 풀어주고 사회 가치관을 바로 세우는 일이 그리도 가치 없다는 뜻인지?

세월호 특별조사위가 제대로 일을 해내도록하기 위해선 국가의 책임이 따른다. 그 책임은 특별조사위 활동 비용을 마련해주는 것만이 아니다. 특별조사위의 역할을 잘해내도록 조건을 마련해주는 일도 국가가 감당해야 할 책임이다. 특별조사위가 해야 할 가장 중요한 조사가 세월호 선체 조사다. 그 조사를 하지 않고는 특별조사위가 일을 했다고 볼 수 없기 때문이다. 그러므로 국가가 그 선체를 인양해주어야만 한다. 국가는 그 책임도 다 못 하고 특조위에게 일을 못 한 책임을 돌리고 있다. 즉 국가가 먼저 세월호 인양을 해주고 그 조사가 끝날 때까지 특별조사위를 해산할 수 없는 것이 기본 상식이다. 그 기본 상식도 지켜주지 못하는 정부는 국가와 국민의 정부가 될 수 없다. 정부가 하기 좋은 일만 골라서 하는 기능 마비의 정부인가 싶다.

박근혜 정부와 그 정치권은 의도적으로 특별조사위의 기한이 끝나도록 세월호 인양을 미뤄온 것은 아닌지? 아니라면 미뤄야 할 까닭이 정확하게 무엇이었는지? 항간에 떠도는 고의적인 사고라는 소문이 사실이란 뜻인지? 아니면 세월호 소속 해운회사 사주와 정권의 대대적인 밀착이라도 있는 것인지? 수천 톤의 철근이 실려 있다는 이야기가 정말인지? 세월호 특별조사위의 기간을 연장하지 않고 대충 덮어버리려는 까닭이 무엇인지? 속된 말로 뒤가 구린 무엇인가가 있기 때문인지?

그러한 의문들이 꼬리에 꼬리를 물도록, 박근혜 정권은 여태껏 늑장 부리며 책임을 저버렸고 그로 인한 의문들은 갈수록 불어나고 있다.

그토록 의문들이 이어져가니 정권도 괴로울 것이고 국민도 괴롭다. 그 의문과 괴로움 때문에라도 반드시 세월호 사고의 진상이 제대로 밝혀져야 한다. 밝히기 위해선 사고 원인을 철저히 조사해야 하고, 조사를 끝낼 때까지 특별조사위를 절대로 중단시켜선 안 된다.

정부와 여당은 세월호 사고를 정치권에서 악용한다고 야당을 향해 공세를 퍼붓고 있지만 오히려 그 공세 자체가 더 크나큰 정치적 악용이다. 어쩌면 의도적으로 진상 규명을 더 느긋하게 대하며 정치적 효과를 노리는지도 모르겠다. 여당뿐만 아니고 일부 야당 의원들까지도 세월호 사고에 대한 태도는 제사보다 젯밥에 눈독을 들이는 것만 같다. 국가의 미래와 국민의 행복은 아랑곳 않고 자신들의 영달과 정치적 이익에만 정신을 두고 있으니 참으로

개탄스럽다. 이러한 정치권을 둔 우리 국민이 애처롭고 불행스럽게 여겨진다.

한 사람의 국민으로서 최고 권력자와 정치권에게 부탁드린다. 금전만능주의로 인간다운 가치관을 상실해가는 이 사회의 정상적 회복을 위해서라도, 세월호 사고 원인 진상 규명을 제대로 밝힐 수 있도록 특별조사위를 무기한 연장, 모든 조건을 마련해주시길 간곡히 부탁드린다.

이 가소로운 찌질이까지 그 결과를 믿을 수 있도록, 한 치의 의혹도 없는 투명한 조사를 위해, 특별조사위를 연장, 제대로 밝혀주시길 간곡히, 간곡히 요청드린다.   안학수

🕊 이곳에 사는 우리는 더러 홍진(紅塵)을 털기 위해 히말라야에 오르고, 그곳의 가난한 사람은 돈 벌러 이곳에 오니, 장자(莊子)의 붕새(鵬)가 무슨 소용인가. 각자 구하는 것이 달라도 얻을 것을 얻지 못하니, 남쪽 바다로 날아간 붕새는 무엇을 찾았을까. 세계의 지붕에서 세계의 바닥으로 내려온 우리 옆집 티베트 아저씨는 밤새 날갯짓하며 한 평 방이나 건너갈 수 있었을까. 생계의 납덩이가 무겁게 내려앉은 새벽에 나는 그가 마당에 우두커니 서 있는 것을 자주 보았다. 기껏해야 밤새 자판을 두드리던 나는 어느 시냇물이나 지나왔을까. 꿈속에서 장자의 물고기를 보았다. 곤(鯤)이라는 이름의 물고기는 몇천 리나 되는 제 몸을 뻗은 채 "고작 여기 있는 거야?"라며 나를 쳐다보았다. 그래도 나는 이 바닥을 떠나지 않았으니 혐의가 없다. 그리하여 나는 옆집 티베트 아저씨에게 "고작 온 게 여기예요?"라고 묻지 않는다. 그에게 천국이었을 여기가 나에게는 지옥이니까. 지옥의 진실을 그가 알기까지 오랜 시간이 걸리지 않을 것이므로, 나는 그에게 묻지 않는다. 먼 길을 내려온 자는 말이 없다. 그는 적막이 직업인 사람처럼 점점 입을

다문다. 그는 다시 세상의 지붕으로 돌아갈 수 있을까.   오민석

➤   내가 묻고 남북통일 전문가가 답한다. "통일은 꼭 해야 하나요?" "그렇습니다. 꼭 해야 합니다." "왜 그렇지요?" "몇 가지 측면으로 통일에 대한 당위성을 말할 수 있는데, 우선 정치 안보적인 측면에서 한반도는 아직도 전쟁의 공포에서 자유롭지 못한 상태입니다. 그런 불안이 지속하는 한 남북한 모두 더 자유로운 세계로 나아가기 어렵습니다. 평화와 안정을 기반으로 번영, 발전하기 위해서 통일은 꼭 필요합니다. 또, 한반도의 통일은 전쟁 위협을 해소함으로써 세계 평화에 기여하게 됩니다. 두 번째는 사회, 경제적인 측면을 들 수 있습니다. 우리는 지금 분단과 대립으로 인해 막대한 군사 비용을 낭비하고 있습니다. 통일을 이루어 군사 비용을 복지와 교육 등에 투입한다면 훨씬 수준 높은 삶을 살 수 있을 것입니다. 아울러 민족의 동일성을 회복함으로써 보다 가치있는 문화 번영을 기할 수 있을 것입니다. 결국 통일은 남북한의 소모적이고 비생산적인 적대적 대립관계를 청산함으로써 우리 민족의 평화를 기반으로 한 번영을 보장하게 되는 것입니다."

이번에는 내가 묻고 내가 답한다. "통일은 꼭 필요한가?" "그렇다. 꼭 필요하다." "왜 그런가?" "분단은 우리 민족의 큰 상처인 이산가족을 만들었다. 사람으로서 부모형제는 물론이고 친지들과 어울려 살고 마음껏 오고 가야 함이 기본 인권이다. 그럼으로 통일을 통해 자유롭게 왕래하고 언제든 만나서 함께 살 수 있는 사회를 만들어야 한다."

통일을 생각하면 금강산 관광과 개성공단이 떠오른다. 더불어 오래전에 만났던 한 할머니의 모습이 다시 눈에 선해진다. 실향민

인 그 할머니에게 주변 분들이 금강산이라도 다녀오라고 권했지만 그분은 끝내 금강산에 가지 않았다. 이유는 간단했다. 통일이 되면 고향에 가서 살겠다는 것이다. 잠깐 금강산에 다녀오는 것으로는 응어리진 마음을 풀 수 없고 오히려 그리움만 상처로 더 키우게 될 것이라는 말씀이었다. 어서 통일이 되어 그 할머니가 고향인 연백평야 들길을 천천히 걸으면서 한숨도 고통도 풀풀 풀어놓았으면 좋겠다. 펑펑 눈물로 불면의 한 세월을 개운하게 씻어내렸으면 좋겠다.

윤임수

✈ 우리가 사는 세상은 여러 갈래의 길이 있다. 누구나 낯선 길보다 익숙한 길을 좋아한다. 가령 눈이 내려 아무도 밟지 않은 길이 있다면 선뜻 발자국을 남기며 걷고 싶은 마음이 들다가도 여럿이 걸어간 흔적이 있으면 그 길에 합류하려 한다.

추운 겨울일수록, 눈이 쌓이는 계절일수록 발자국이 남는 법이다. 녹지 않는 발자국들은 나름대로 빙점이 있지만 견고하게 굳어있는 그 시간이 풀어질 때도 분명 있다.

아직 겨울인데도 발뺌했던 겨울 발자국들이 질퍽질퍽 녹고 있다. 아나운서가 바뀌고 각자의 처지들이 바뀐다. 그런 일, 곧 다가올 봄의 나무들은 다 알고 있는 일인데 사람들만 모른다.

들키는 일엔 이유가 많다.

이서화

✈ 전 정권(이명박)이나 현 정권(박근혜)은 바리케이드를 물리적으로 애용할 뿐만 아니라, 심지어 건전한 시민의식이 싹틀 여지를 잘라내고 좌우로 분열시켜 국민을 정권의 바리케이드로 삼기까지 했다. 재벌기업은 이에 편승했다. 이들은 노동자를 집요하게 벼랑으로 내몰아 이 사회에 영구적인 절대악이라도 구축하려는

걸까.

한 노동자가 죽었다. 제 명을 다하지 못하고 스스로 죽었다. 죽을 수밖에 살 길이 없어서 죽었다. 명백한 사회적 죽음이다. 죽음에 대한 한 사회의 태도는 그 사회의 질적 수준을 보여준다는 점에서 이들 정권은 불가촉천민에 근접해 있다.

어느 시인은 "어떤 죽음도 나를 감소시킨다"고 했다. 무엇으로도 그 죽음에 동참할 수 없어서 부끄러운 사람들은 부끄러움이라는 새 거주지의 주민이 된다. 한 죽음을 나누어 마시며 연대하는 현장에는 바리케이드를 사이에 두고 이원적 가치가 대립한다. 현대 본사의 위용과 한광호 열사 농성장의 그 초라한 텐트, 저녁을 먹고 야근을 하러 다시 건물로 들어가는 직원들과 머리에 띠를 두르고 이열 종대로 인도 일부를 점하고 앉은 스물 남짓의 비정규직 시위 대열, 양재역 부근을 지나는 퇴근 차량들의 무심한 헤드라이트 속에서 시위대는 매일 이 사회에 고결한 양식(糧食)을 대고 스스로 준엄한 양식(樣式)이 됨으로써 죽음에 동참하고 죽임에 항거한다.

이영숙

→ 못났기 때문에 상처를 입은 줄 알았다.

상처 보듬었을 때 그 내면에 아무 일 없던 것처럼 정권이 놔버린 우리의 끔찍한 한숨, 어이없는 눈물을 보았다.

그때부터 우리는 광장에서 말라갔고, 비바람 치는 바다에서 울었다. 너무 긴 시간 손발이 묶인 채 아이들을 그 안에 넣어 두었었다. 그걸 지켜만 보지 않는 것이 우리의 위로라고 생각했기 때문에 몸부림은 계속됐다.

어떻게든 인양하고 싶었다. 늦출 수 없다고, 지금 끌어안아야 한다고 생각했다. 지금 올려야 한다고, 그게 최선이라고, 이 땅에 침몰한 희망을 세우는 것이라고 믿었다.

우린 억지 쓰며 살아남고 싶은 게 아니라 그냥 살고 싶은 거라 면서…….

이진욱

자본주의를 표방한 대한민국은 일제강점기와 전쟁의 폐허 에서 그 어느 국가보다 가장 빠르게 경제성장을 이룩한 나라이다. 그 경제성장의 이면에는 말 없는 노동자들의 피와 땀으로 이루어 진 것이다. 개발 독재국가를 거치면서 많은 부작용이 발생할 수밖 에 없었다. 경제적 발전으로 많은 나라의 부러움을 사고 있으면서 도 여전히 노동자들은 예나 지금이나 노동착취에서 벗어나질 못 하고 있다. 비정규직의 양산은 수없이 많은 노동자를 가난에 허덕 이게 하고 족벌 재벌들은 자자손손 부의 대물림을 이어가고 있다. 최소한 노동자를 죽음으로 몰아가는 한국 노동시장은 이제 바뀌 어야 한다. 이번 현대자동차의 하청업체인 유성기업 노동자의 자 살은 아직도 우리나라가 전 근대적인 노사관계를 대변하고 있음 을 알 수 있다. 민초들의 눈물을 보듬는 사회, 일반 시민들이 행복 한 사회는 요원한 것일까?

이철경

브레히트의 시 중에 「살아남은 자의 슬픔」이 있다.

물론 나는 알고 있다. 오직 운이 좋았던 덕택에 나는 그 많은 친 구들보다 오래 살아남았다. 그러나 지난밤 꿈속에서 이 친구들이 나에 대하여 이야기하는 소리가 들려왔다.

"강한 자는 살아남는다." 그러자 나는 자신이 미워졌다.

우리는 모두 약자였기에 죽어야만 했던 것인가? 단지 강하지 못해서 나는 내가 미워지는 것인가? 그것은 아니다. 슬픔은 강약의 힘이 아니다. 분노가 힘이 된다. 하지만 분노는 시간이 지나면 사라져도 슬픔은 결코 사라지지 않는다.

세월호 2주기가 지나고 20주기, 30주기가 지나고…… 내가 늙어 죽어도 슬픔은 누군가의 가슴속에 영원토록 남아 있을 것이다. 죽은 아이들이 죽지 않고 푸른 바다 속에서 해맑게 웃는 얼굴 그대로 살아 있을 것이다.

임성용

민주노동당사를 경찰이 쳐들어가고, 민노당이 해체되고, 급기야 민주노총 위원장이 조계사에서 생중계로 체포되는 일이 벌어졌다. 세월호 사건의 진상을 덮기 위해 수구언론과 권력이 광분했다. 전교조가 법외노조가 되었고 이 땅의 민주주의는 참담한 내리막길을 걸었다.

절망은 삶의 의욕을 제거했다. 뉴스 채널을 돌리고 돌려도 희망은 보이지 않았다. 한식 세계화가 오르내렸고 태권도 시범단이 자주 비쳤다. 정책은 보이지 않고 대통령의 해외 나들이와 의상에 초점이 갔다. 야당은 힘을 보이지 못했고 진보단체는 존재 유지에도 버거웠다.

저주. 분노를 넘어 파란 집에 세든 사람이 등장할 때마다 욕 이외 다른 말이 나오지 않았다. 거꾸로 가는 역사.

한상균 민주노총 위원장이 수갑을 차던 날, 불현듯 떠오른 생각을 정리했다. 대를 이은 업보. 분명 파탄이 날 거라고, 파탄이 아니라도 나는 저주하고 싶었다. 그렇게라도 스스로를 위로해야 했다.

이듬해 촛불이 다시 일었다. 철옹성이라 생각했던 문이 열리고 새 날이 왔다. 나의 시는 이제 가치를 잃었다. 하지만 분노의 시대를 깨뜨리고 싶은 마음만은 그대로 갖고 싶다. 절망 이후, 희망을 아직도 일구어가는 길 위에 우리가 있기 때문에 잊어서는 안 될 것이다.
　　　　　　　　　　　　　　　　　　　　　　　　　　장우원

🕊　일본 대사관 앞, 일본군 '위안부' 문제 해결을 위한 정기 수요 시위. 사람들이 북적이고 방송 카메라가 외계인의 귀와 눈알처럼 늘어서서 뱅글뱅글 돌아가고 있었다. 이곳에서 선포되는 수많은 분노와 규탄과 당위의 말들은 그들이 잘 붙잡아 필요한 곳에 필요한 만큼 다시 풀어놓을 테니, 나는 다만 기자회견을 하는 중에 구순 할머니들이 토해내는 깨진 거울 조각 같은 기억의 파편들에 직접 살갗이 베이는 듯했다고만 말하겠다.

"나라 뺏고 우리 아들딸 얼마나 끌어갔나? 남자는 군인으로 끌려가고 여자는 위안부로 끌려갔다 하는데, 강제로 끌어갔는데 위안부가 무슨 말이냐? 위안부가 아니라 그곳은 사람 잡는 사형장이었다."

"수십만이 끌려갔는데 부끄러워 신고를 안 하는 게 아니다. 다 죽었기 때문에 다 못 하는 거다. 우리는 나라도 없고 증거도 없다. 피해자는 어둠 속에 있다. 그러나 후손에게 이 비극의 역사를 끝까지 알리겠다. 내 나이 89살, 운동하기 딱 좋은 나이다."

"내 고향은 상주다. 중국으로 끌려갔다. 감, 대추 많은 부잣집 막내딸이었다. 2000년도에 집에 오니 오빠, 언니 아무도 없었다. 이때까지 못 찾았다."

"제발 말한 그대로 방송에 내보내주기 바란다. 끌려가지 않았으면 우리도 열심히 공부해서 그런 자리에 앉아 있을 수도 있었다."

"소녀상과 10억 엔에 팔아먹은 역사는 더 끔찍하게 되풀이될 것이다."

유럽투어 때 일본군 '위안부' 피해자 89세 길원옥 할머니는
"도대체 얼마나 많은 돈을 받기 원하십니까?"
라는 기자의 야만적인 질문에
"우리는 배고파서 밥을 요구하는 것도, 헐벗어서 옷을 요구하는 것도 아니다. 일본의 땅덩어리를 다 준다 한들 내가 열네 살로 돌아갈 수 있나."
라고 하셨다.

폭력이 개인의 삶과 생명을 송두리째 착취하고는 돈으로 보상하면 된다는 가벼운 발상은 야만의 극치가 분명하다. 우리의 세계는 그 극치조차 넘어서고 있다. 이번 생에 우리가 몇 번이나 더 이 야만의 수모를 견뎌야 우리의 세계가 우리의 참혹을 흡족해할까?

"여기저기 꽃이 피어나는 사월입니다. 사월마다 피어나는 꽃은 슬픈 꽃이었습니다. 하지만 오늘 이 순간부터는 사월의 꽃이 더 이상 슬픈 꽃이 아닐 것입니다. 오늘부터 사월에 피어나는 꽃은 전쟁과 폭력으로 유린당하고 죽임을 당한 모든 소녀들이 다시 살아오는 생명의 함성일 것입니다. 여기 계신 우리 할머니들이 그렇게 다시 살아오신 것처럼……."

들어가는 말을 하고 「오늘이라는 봄.날.」을 낭독했다. 소녀를 모조리 잃은 채 살아낸 할머니들의 생애 앞에서 감히…….

'죄송합니다. 그동안 할머니들의 삶을 찾아뵙지 못했습니다.'

시를 낭독하면서 속으로는 내내 그 말만 되풀이하고 있었다. 더 정신을 똑바로 차려서 시를 써야겠다고 마음먹으며……. 전비담

✈   친일 세력 박근혜 정권은 권력을 잡은 이후 국민을 한낱 봉건전제시대의 종으로 여겨왔다. 그리하여 2014년 4월 16일 세월호 사건을 일으킨 이후, 친일 세력의 사관으로 역사의 거짓을 집어넣기 위한 국정 역사교과서 집필 사건과 권력 유지를 위한 종북 매도, 백남기 농민 사건, 예술인 블랙리스트 사건, 국정농단 사건 등 온갖 만행을 저질러왔다.

이에 참다못한 민중이 2016년 11월 첫 주부터 매주 토요일 박근혜의 대통령직 즉각 사퇴를 요구하며 서울 광화문광장을 비롯한 전국 각지의 광장에서 촛불을 들고 민주를 위한, 그리고 역사의 진실을 만들기 위한 대규모 비폭력집회를 개최해오고 있다.

1919년 3·1운동으로 대한민국의 건국을 이끈 이후, 부정부패한 권력과 군사독재 권력에 피로 저항해오며 이 땅에 민주를 심어온 민중은, 이제 박근혜 정권으로부터 빼앗긴 민주를 다시 되찾기 위해 수백만 촛불이 되어 광장을 밝히고 있는 것이다. 민중, 백성, 국민이 주인이 되어야 한다는 참 진리, 이 세상 가장 아름다운 혁명의 시가 되어.

정세훈

✈   우리나라 노동 현장의 투쟁은 고공 투쟁의 역사이다. 87년 노동자 대투쟁으로 시작된 전국 노동자의 함성이 들불처럼 번졌고, 각 지역마다 노동조합 설립의 불씨가 되었다. 저임금과 장시간 노동에 시달렸던 노동자들의 함성이 자연스레 거리의 함성으로 번져나갔다. 이로 인해 작업 여건과 복지와 임금이 일정 부분 보장되었고, 지위도 향상되었다. 하지만 여전히 노동자는 장시간 노동과 저임금에 시달리고 있다.

노동자는 예전이나 지금이나 절박한 심정으로 살아간다. 힘없는 설움을 사회에 호소해봐도 귀 기울여 들어주는 많지 않다. 그들의 억울한 사연을 들어주는 이도 해결해주는 이도 드물다. 많은 정치인들이 투쟁의 현장을 왔다가 갔다. 많은 사회 지식인들이 다녀갔다. 하지만 여전히 그들의 고통은 현재 진행형이다. 어쩌면 사람이 살아가는 동안 해결이 안 될 수도 있겠다는 생각이 든다. 그들의 심정은 그만큼 절박하다.

절박한 심정은 급기야 고공 농성으로 이어지고 있다. 1990년 현대중공업 골리앗크레인 고공 농성은 아직도 많은 이들에게 회자되고 있다. 노조위원장이 공권력에 구속되고 회사 안에 경찰이 들어온다는 소식이 공장 안에 퍼지자 노조원들이 82미터 높이의 골리앗크레인에 올라 투쟁을 지속하게 되었다. 크레인의 크기와 높이도 관심의 대상이었지만 크레인 위에 집단으로 올라가 투쟁을 계속하자 전국적인 관심사가 되었다.

2011년 김진숙 민주노총 지도위원은 부산에서 300일이 넘는 장기간 고공 투쟁을 하였다. 전국민의 관심 속에 희망버스가 부산으로 몰려들었고 어느 때보다 한마음 되어 장기간 투쟁을 이어갔다. 이후 그에 따른 결과를 가져오기도 하였다. 그때 그곳 투쟁의 현장에도 여러 명의 노동자가 이미 목숨을 달리하고 난 이후였다. 목숨을 건 투쟁이었다. 힘없는 사람은 목숨까지 건 투쟁을 하여도 절박한 심정은 그렇게 잊혀가고 있다. 하지만 그들의 투쟁은 단순히 끝나버리는 무의미한 것이 아니었다. 희망버스에서 보았듯이 물밀 듯이 밀려오는 그들의 마음은 전국으로 번져나가는 원천이 되었다.

고공 농성은 이후에도 절박한 투쟁의 현장에 등장하였다. 하지만 고공 투쟁은 단순히 세간의 주목을 끌기 위한 일회성 투쟁이 아니었다. 어떤 이는 그곳에서 끝내 세상을 버리기도 하였고, 장기간 투쟁으로 건강을 잃어버리기도 하였다. 그럼에도 불구하고 아직도 이 땅에는 많은 이들이 고공 농성을 오늘도 이어가고 있다. 우리 주위를 돌아보라, 출퇴근길에 한 번쯤 고공 농성을 이어가고 있는 이들을 본 적이 있을 것이다. 그들이 왜 그렇게 높은 곳에서 투쟁을 이어가고 있는지 한 번쯤 고민해보고 응원해줄 수 있는 용기가 필요한 때이다.

하늘은 원래 사람의 공간이 아니다. 그곳은 새들의 공간이거나 신의 공간이다. 그곳을 선택할 수밖에 없는 절박한 그들은 자본주의 세상에서 언제 환하게 웃는 날이 올 수 있을지 생각해본다. 내일은 분명 햇빛이 따사로운 하루가 될 것이다. 고공 농성을 계속하고 있을 그들의 이마에 따뜻한 햇살이 깃들기를 기원해본다.

정연홍

🕊 낙인 찍힌 자들이여! 분노하여 함께 일어서야 할 때이다!

한때는 동학의 이름으로 자주를 외치며 봉기했던 전봉준의 후예들!

지금 우리의 이름은 농민이거나, 노동자이거나, 도시빈민이거나

누가 우리에게 백성이라는, 개돼지라는 낙인을 찍어 종처럼 부려가며 항구한 지배를 획책하는가! 이 나라의 민주화를 끔찍하게 탄압해오던 유신의 망령이 박근혜를 통하여 되살아나더니, 그녀를 앞세워 사교로 재물을 긁어모으던 최태민의 유령이 딸 최순실로 대를 이어 부패의 막장을 드러내고야 말았으니.

정경유착의 병폐를 대를 이은 대통령이 재벌을 따로 불러 나라를 위한 일이라 한마디만 하면, 최순실이 뒤에서 수금만 하면 되는 체제가 영락없이 그때 그 아버지들의 수법과 하나도 다르지 않구나!

시민들이여! 이 나라의 주인은 바로 저들의 손에 낙인 찍힌 우리들이다! 우리의 촛불이야말로 이 나라의 유일한 희망이다! 비록

늦었지만 지금부터라도 저 거대한 도둑들을 몰아내는 일에 촛불을 모으자! 횃불을 드높이자!   정원도

✈   나는 15년 동안 기계 만드는 일을 했다. 공장 자동화 기계들이었다. 내가 만든 로봇이 인간이 하기 힘든 일을 척척 해내는 것을 보면서 환호했다. 나의 노동은 즐거웠다. 내가 기계를 만들며 지녔던 모토는 '기계가 할 수 있는 일을 인간에게 시키지 말라!'였다. 기계가 할 수 있는 일을 인간이 한다면 그는 기계가 되는 것이라고 생각했다.

그러나 생각과 현실은 달랐다. 공장 자동화가 되면 노동자들이 공장 밖으로 쫓겨났다. 노동자들은 '우리를 다시 공장으로 돌아가게 해달라'고 시위를 했다. 기계로부터의 해방적 계기가 곧 인간의 위기로 나타났다. 그렇게 공장 밖에서 인간인 노동자는 다시 공장으로 가서 기계가 되는 것을 반복할 뿐이었다. 그때 나는 모든 공장은 무인공장이라고 생각했다.

그때부터 나의 노동은 슬퍼졌고, 슬픔 속에서의 노동은 나를 기계로 만들었다. 나는 기계로 사는 것이 싫어서 공장을 떠났다. 그리고 다시 공장으로 돌아가지 않았다. 공장은 기계가 필요한 것이지 인간이 필요한 곳이 아니었다. 무인공장을 소유한 자본가는 이제 이렇게 말할 것이다. '다 이루었다!'

그러나 세계는 기계만으로 돌아가지 않는다. 문제는 기술이다. 기계가 더 이상 기계이기를 멈출 수 있는 기술, 그것이 인간의 상상력의 중심에 놓여야 할 것이다.   조기조

✈   모든 비정규직의 삶을 생각한다. 그리고 그 안에 담긴 모든 불평등과 불행에 대해 생각한다. 불가촉의 그것처럼 펼쳐진 비정

규의 삶은 너무나 공고하여 벗어날 수 없는 수렁의 깊은 어둠과도 같다. 비정규의 삶이 확산되어 보편화되기 시작한 90년대 후반은 그 모든 비극의 전조였으리라. 그리고 비극은 스스로 진화하는 괴물이 되어 오늘에 이르고 말았다. 그런데 더 큰 비극은 이러한 비극이 결코 끝날 것 같지 않다는 데 있다. 그리하여 청년들의 모든 삶은 그 어떤 희망도 품을 수 없는 것이 되어버렸다. 이 글을 쓰며 모든 불가촉의 삶을 생각한다. 그리고 결코 벗어날 수 없는 불가촉의 핏빛 참혹을 흐느끼기 시작한다.   조동범

🍃   2016년 10월, 그동안 연기만 피우던 최순실 국정농단 사건이 수면 위로 모습을 드러냈다. 시민들은 하나둘 광장으로 나와 촛불을 들었고 유례 없는 평화적 행진을 거듭하며 결국 3월 10일 11시, 대통령 탄핵이라는 씁쓸하지만 어쩔 수 없는 선택을 했다. 거짓말로 일관된 행동들은 시민들을 분통 터지게 했고, 집단 스트레스를 경험하게 했다. 거대한 권력과의 싸움에서 소시민들의 바람이 이루어진 의미 있는 일이었다. 시민들은 추운 겨울을 이겨냈고 한 목소리로 부정한 대통령을 파면시켰다. 비폭력으로 일궈낸 아름다운 승리였다. 앞으로 많은 과제들이 남아 있다. 대통령 선거와 부정부패를 저지른 위정자들을 제대로 심판해 법 앞에 모든 국민이 평등하다는 걸 보여줘야 한다. 오늘의 이 어수선한 분쟁의 날들이 좀 더 성숙하고 건강한 민주주의로 나아가는 단초가 되길 빌어본다.   조미희

✈   민족주의 과잉이네, 자발적 매춘부도 있었네, 객관적 시선을 가진 지성인의 자세 필요하네, 소녀상 따위 세우는 한국의 촌스러움이 부끄럽네까지, 별별 소리가 회자되던 2015년에 이어

2016년 겨울이었다.

한일 정부 협의로 일본 대사관 건너편에 있는 소녀상을 철거키로 했다는 속보가 떴다.

동쪽 바다가 덧정 없이 얼어붙는 엄동설한이었다.

일본대사관 앞에서는 소녀상을 지키려는 청년 아기씨들이 길잠자기를 시작했고, 겨울 거리에서 비닐 덮어쓰고 풍찬노숙하는 모습이 언론에 드러났다.

이 사건 이후로 소녀상이라는 상징물이 과도하게 여기저기 들어서는 것에 대해서는 도무지 찬성하기가 어렵지만, 세우건 치우건 우리나라 사람이 할 일이다.

일본이 부수란다고 그 강요에 고개 끄덕이는 정부라는 물건은 도무지 신뢰할 수 없었다.

지상의 어떤 여성이라도 전쟁터의 성노예로 소모되는 일이 없기를 기원하며 세운 소녀상이다. 자각할 기회를 주는 작은 소녀상 앞에 꽃 한 송이 놓는 일이 오히려 일본이 할 일이었다.

매주 수요 집회에서 자기 문학으로 일본군 성노예 문제 발언할 명단을 김응교 시인이 꾸렸고, 나도 어느 하루, 씀바귀 한 줄기를 씹으며 중학동 한파 속으로 걸어갔다.

공감이건 설득이건 위로건 별무소용일 것만 같은 시를 들고 갔다

도무지 한데서 잠을 잘 수 없는 추위였으나, 집회를 마치자 청년 아기씨들은 다시 비닐을 깔고 제가끔 체온으로 소녀상을 감싸고 앉았다.

조선 청년의 피가 일본으로 인해 얼어붙는 일이 다시는 없기를 바란 날이었다.

조 정

➤   영화 〈택시 운전사〉가 1천만 관객을 넘어섰다. 5·18민주화운동을 담은 이 영화에 전 국민의 관심이 뜨겁다. 37년이나 지난

지금도 진상이 제대로 규명되지 않고 있기에 국민적 열망은 더욱 간절하다. 이 영화에 대해 불편한 심기를 드러내는 당시의 권력자들은 법적 대응까지 언급했다. '시민 폭동'이었을 뿐이라고 일축하는 그들의 일관된 자세는 국민들의 공분을 사기에 충분하다.

1980년의 그해엔 흉흉한 유언비어가 바람결에 떠돌아다녔고 알 수 없는 피 냄새가 이 나라의 한 귀퉁이를 적셨다. 도시의 밖에서는 맛있는 밥을 먹고, 노래를 부르고, 얘기를 나누고, 잠을 잘 동안, 거기에선 총격전이 벌어지고 사람이 죽어나갔다. 뿐만 아니라 그 당시 공군 전투기들이 폭탄을 장착한 채 광주로 출격하려고 대기했다는 공군 조종사의 증언이 나왔다. 또한 공수부대에 '발포 명령'이 내려졌다는 기록까지 나왔다. 그 당시 광주에 주둔한 505 보안부대가 작성한 기록이라고 하니 더 이상 왜곡되거나 유보될 수 없다.

이렇게 하나씩 진실이 드러나게 된 것은 바로 〈택시 운전사〉라는 영화가 5·18민주화운동을 새로 조명했기 때문이다. 참 부끄러운 일이다. 영화가 아니었다면 우리는 또 얼마나 오래 잠잠했을 것인가. 37년 동안 흉흉했던 소문이 자칫 역사 속에 묻힐 뻔했던 것이다. 한국의 언론이 제대로 귀나 입을 열지 못하고 있을 때 힌츠페터라는 독일 기자가 진상을 알리려 애쓴 노력의 결실이다.

영화 〈택시 운전사〉를 보면서 함께 분노한 관객들은 더 이상 관객으로만 남지 않는다. 그때 그 시절에는 떠도는 야설(野說)에 휘둘리기도 했지만 이제는 모두 한 목소리를 내며 진실 규명을 종용하고 있다. 누가 시민들에게 최초로 발포했으며 또 누가 그러한 명령을 하달한 것인지 제대로 규명되어야 한다. 초록 택시가 끊임없이 입구와 출구를 찾으려 노력했듯이 이번 기회에 5·18민주화운동의 진실을 정확하게 규명할 수 있어야 할 것이다. 영화 〈택시 운전사〉의 이러한 파장은 영화가 세상을 변화시키는 또 하나의 사례가 되겠다.   천수호

🛫   물이 빠진 서해 갯벌을 걷다가 문득 검은 새들의 무리와 마
주쳤다. 새까맣게 한꺼번에 날아오르고 다시 내려앉아 달리고 주
억거리며 부리로 갯벌을 헤치고 먹이를 잡는 새들에게 갯벌은 맹
렬한 삶의 현장이다. 방금 시청 앞 해고 노동자들의 쟁의를 목도
하고 온 후라서 더 그렇게 보였을 것이다. 붉은 띠를 머리에 두르
고 거칠고 쉰 음성으로 복직을 요구하는 노동자들의 음성과 먹이
를 차지하려고 서로 경계하고 밀치고 내달리며 지르는 새들의 날
카롭고 새된 목소리들이 겹쳐 들렸다. 모든 전쟁의 역사가 분배의
문제로부터 시작되었다지만 대량 해고 사태로 실업자들이 넘쳐나
는 이 시대에 가장이라는 이름으로 자기 식솔 하나 건사하기가 이
렇게 팍팍한 때가 또 있었던가 싶다. 하루아침에 직장을 잃은 가
장이 다시 발걸음을 옮겨 딛을 곳은 어디란 말인가.   최기순

🛫   지난 7월 26일, 성주군 소성리 수요 집회에 갔었다. 오후 1
시 '종교인평화연대'에서 주관하는 평화협정촉구 기도회를 마치
고 오후 2시부터는 5개 종단 신도들과 성주, 김천 주민들 그리고
'평화와통일을여는사람들' 1,000여 명이 모여서 사드 가고 평화
오라, 전쟁을 끝내자, 평화에 살자는 구호를 외치면서 제35차 집
회를 열었다.

여는 공연으로 '하자센터' 청년들이 나와서 호쾌하게 북을 두드
렸다. 이어서 전남민예총 김영자 춤꾼이 성주 주민들의 한과 응어
리를 담은 〈평화의 꿈〉을 추었고 '김천맘과 어린이들'은 문재인과
트럼프 대통령에게 보내는 그림편지를 낭독했으며 종교 지도자들

과 상주, 김천 지역 대표들도 정전 64년을 맞아 사드 배치 철회와 평화협정 실현을 촉구하는 발언을 했으며 원폭 피해자들도 한반도 평화를 염원하는 증언을 했다.

특히 연대 발언으로 나선 미국의 평화활동가들은 쌈에서도 환경영향평가를 2년 이상 했다며 가장 좋은 해법은 사드를 철회하는 거라고 미국으로 돌아가면 성주의 상황을 전 세계에 알리겠다고 했다. 마지막으로 소성리 주민들도 "불법 사드 철거하라"라는 손으로 직접 쓴 현수막을 들고 우르르 나와서 "소성리에도 사람이 살고 있다! 우리의 요구는 단순하다! 사드를 철거하라는 거다!"라고 외치며 울분을 토해냈다. 문규현 신부와 조헌정 목사가 무대에 올라가서 주민들을 포옹하고 위로하자 서러움이 북받치는지 눈물을 훔쳤다. 이에 모두가 일어나서 박수를 치면서 주민들을 격려했다.

집회가 끝나고 진밭교까지 평화 행진을 했다. "사드 공사 중단! 사드 가동 중단! 사드 배치 철회" 구호를 외치면서 달구어진 아스팔트길을 걸었다. 정리 집회는 사드 발사대와 레이더 모형을 끌어내는 퍼포먼스였다. "사드 가동 중단하라! 사드 배치 철회하라"라는 구호와 함께 소성리 이석주 이장을 비롯하여 박희주 위원장이 쇠망치로 사드 모형을 내리쳤다. 그러니까 사드 발사대와 레이더 모형은 산산조각이 났다. 마무리 발언으로 나선 원불교 강현욱 교무는 사드는 한반도에서 백해무익한 것이라며 사드를 반대하는 모든 이들과 함께 사드가 철회되는 날까지 싸울 것이라며 함께 싸우자고 호소했다.

작열하는 태양이 내리쬐는 소성리는 들도 산도 하늘도 푸르렀다. 작년 이맘때 김제동이 성주에 와서 이렇게 말했지. "쫄지 마

라. 성주가 대한민국이다" 그렇다. 이제 촛불이 가야 할 곳은 성주다. 이제는 평화다. 통일이다. 반외세다. 최기종

🐦 1만 원과 6470원의 차이를 제대로 이해하는 정치를 기대한다는 것은 이상에 불과한 일이었을까. 한 시간당 3530원의 차이. 그것은 무엇을 의미하는가. 현재 물가로는 15개 들이 계란 한 판이거나 끝물 과일 한 소쿠리, 친구와 나눠 먹을 뻥튀기 한 봉지 가격에 불과하다. 아니, '불과하다'라는 말에는 어폐(語弊)가 있다. 그것은 자고 숨 쉬고 '밥만' 먹는 삶에서 벗어나게 해주는 '숨통'의 가격이다. 우정을 나누고, 한 소쿠리의 지난 계절을 맛보고, 자식의 숟가락 위에 단백질 한 덩어리를 올려줄 수 있는 돈. 초코파이를 들었다 났다 하지는 않아도 좋은 돈. 동네 의원에 들러 아픈 데를 치료하고 한 봉지의 약을 지을 수 있는 돈 정도는 된다, 시급 1만 원이라는 돈은······.

6470원의 시급은 노동자의 머리와 가슴을 가격했다. 500만 명의 저임금 노동자들의 염원은 이 땅의 계급주의자들, 노동 환전상, 개돼지론자들에 의해 무참히 짓밟히고 말았다. 2017년의 생활도 맹물 마시고 이 쑤시는 삶의 연속선에 놓일 수밖에 없게 되었다.

우리는 꿈 꾼다, 현실적인 시급이 정착되는 사회를······. 힘차고 밝은 세상, 미래를 바라보며 희망을 노래하는 사람들, '헬조선'이라는 단어가 사어(死語)가 되어 급속히 사라져 버리는 나라를······. 콧노래 부르며 무를 썰고 비질을 하고 물건을 실어 나르는, 계급 없는 그런 나라를······. 최세라

🐦 맥랑(麥浪)이라는 단어가 있다. 사전을 찾아보면 '보리의 물결'이란 뜻으로, 보리나 밀이 바람에 물결처럼 흔들리는 모양을 나

타내는 말이다. 오래전 사춘기 소녀, 소년들의 풋풋한 일상을 그린 〈맥랑시대〉라는 드라마가 큰 인기를 끌고 방영한 적이 있다. 길에서 깔깔거리며 지나가는 청소년들을 보면 봄의 보리 물결이 연상된다. 누구나 속수무책으로 아득해진다. 그들이 길을 가다가 갑자기 바다에 한꺼번에 들어가버렸다. 바람만 불어도 온몸을 흔들며 풍선처럼 웃음이 터지는 나이다. 사춘기는 봄을 살거나 생각하는 시기이다. 그네들은 맥랑시대를 다 살아보지 못했다. 누구는 짝사랑하는 아이에게 간절한 편지를 써놓고 호주머니에 넣고 있었는지도 모른다. 물이 목까지 차올랐을 때 문득 전하지 못한 편지를 생각하고 무척 후회했을지 모른다. 그런 생각을 하지 않았다고 누가 증언할 것인가! 우리 어른들은 조금 늦었지만 그것을 꼭 전해주려고 한다.

최호일

🕊 저 시의 일부가 된 덧댐이 처음엔 시작노트의 전부였다. 비 올라.

(지금은 쫓겨난) 위정자가 중환자실에서 치료에만 집중해야 할 한 어린아이를 데려와 기자들과 카메라 앞에 세웠다. 그리고 물었다. 누가 봐도 그 질문은 천박한 쇼였으며, 아이의 대답은 짧았다. 가슴 자체인 대답은 농축되었고 너무나 투명해서 나는 눈물의 호박(琥珀)을 보고야 말았다. 인간의 욕망과 정치적 수신호인 수소, 산소, 탄소 따위와 화합하여 돌처럼 굳어진 그것은 장식이기를 거부한다. $C_{40}H_{64}O_4$, 당신들의 알코올을 여기에 들이붓지 마라. 그렇다고 침식될 눈물은 아니지만, 어쨌든 당신들이 감추고 있는 벤젠, 에테르를 끄집어내 하수구에 처박으라. 그리고 바다를, 꽃병을 한 번만이라도 쳐다보라, 꽃이 도착하지 않은 꽃병을!

내 시는 꽃병에 지나지 않는다. 그 속의 비어 있는 공간이 내 시의 몸이다. 누가 꽃을 꺾어 한 아름 안고 와서는 내 시 앞에서 서성댄다. 별이 지고, 별이 다시 돋는 밤이 와도 내 시는 완성되지 않는다. 머리가 무거운 꽃, 그 꽃의 꽃대가 들어차면 내 시는 곧 죽으리라. 죽어야 이루어지는 시라니! 인류가 이미 20세기에 겪은 바 있듯이 인간은 누구나 "고통을 선택할 수는 없다. 그러나 고통받는 태도를 선택할 수는 있다."(빅터 프랑클)

그러므로 나는 희망한다. 내 시가 죽어도(=회자되지 않아도) 좋으니, 그 아이의 '내적인 힘'은 끊임없이 꽃의 봄이기를. 왜 살아야 하는지를 알게 되기를, 그 앎을 힘차게 견인하는 정신의 강인함이 내리뻗는 햇살 같기를. 그리하여 그 아이 처녀가 되었을 때 어느 해 4월의 결혼식에서 가장 고결한 신부가 되기를.

기만(deceit)과 끔찍함을 실은 배(舟)는 날아갔다. 무책임한 위정자는 썩은 배(梨)처럼 떨어졌다. 시의 싹들이 땅에, 바다에 번진다. 촛불에 둘린 말씀들이 쌓인다. 그렇다 한들 "시인은 말씀의 성층권에 오래 머물 수 없다. 그는 새로운 눈물 속에 똬리를 틀어야 할 것이며 그의 법칙 안에서 좀 더 앞으로 뻗어나가야 할 것이다.(르네 샤르 [입노즈의 단장 19번])" 나는 다른 시 한 편을 「배」의 짝인 양 쓰기 시작했다. 꽃병은 하나만 필요한 것일까.

수류탄

포도에게서 온다. 하나의 불꽃! 시란 어떤 갱신, 몽상, 자신의 굴성(屈性, tropisme),* 존재를 요구하는 반응 — 종이컵 안의 촛불이 지난겨울 내내 그것을 입증했다.

내가 불어제친 알코올의 입김으로 포도는 불을 켠다. 포도송이들이 잎사귀를 넓히고, 잎사귀는 포도송이마다 피를

주기 위해 길을 낸다. 잎사귀를 건드린 손에서

손금이 번진다. 주먹을 쥐었다 펴보면 불꽃이 증식한다, 쏟아진다. 나무에게 술잔을 건넨다.** 불을 옮기는 나무, 석류(石榴)! 꿀에 말린 불꽃의 자립! 불씨를 돌돌 말아 쥔

수류탄,
지난겨울 우리는 던지지 않고
그것을 시의 이마에 바쳤다.

꽃병에 다름 아닌 내 시의 이마에 새로운 눈물이 맺히기 시작했다.

* 가스통 바슐라르『칸델라의 미학』.
** 위의 책 "나무가 불의 그릇이라고 느끼는 것이다."에서 근
   거하여 나무에게 불이 담긴 술잔을 건네는 것이다.

한우진

❧ 독거노인들이 많이 거주하시는 아파트 인근 복지관에서는 요즘 글쓰기 교실이 열리고 있다.

그분들의 면면은 살아오신 여정만큼이나 다양하지만 한 가지 공통점은 건강에 대한 걱정과 외로움에 대한 토로, 고독사에 대한 두려움 등이었다. 어르신들의 이야기를 듣는 동안 굳게 닫혀 있을 거라는 '철문'에 대한 선입견과 달리 그분들의 문은 몇 번만 두드리면 쉽게 열릴 것이라는 생각이 들었다.

빈번히 언론에 사회뉴스로 보도되는 고독사는 단지 노년의 문제가 아니라 전 세대를 아울러 사람들의 외로움이 한계점에 다다랐음을 보여주는 지표가 되는 현실이지만, 노년층에게 그것은 더

욱 절실하게 느껴지는 감정일 것이다. 그러나 표면적으로는 사회 문제로까지 확산되고 있는 이러한 독거(獨居)의 치명성과 달리 아이러니하게 젊은 층에서는 오히려 자발적인 외로움을 지향하는 추세가 더 두드러지고 있다. 외로움 앞에 '자발적인'이라는 수식어를 붙인 것은 이런저런 이유로 선택할 수밖에 없는 개별적인 사유가 있을뿐더러 이러한 경향이 왠지 인간의 숙명적인 '고독'과는 구별되는 다른 옷을 입고 있다고 느껴지기 때문이다.

자발적인 외로움과 시간의 흐름에 따라 개개인이 수용해야 하는 외로움의 간극은 얼마일까?

나날이 실감하는 것은 사람들이 자신만의 고치를 만들어가는 것에 더 열중하고 있다는 점이다. 고치는 온전한 자신만의 공간이다. 안전하고 편할 수도 있지만, 바깥과 단절된.

점점 더 두껍게 고치를 만들어가는 사람들, 그 곁에 또 다른 고치가 있다. 고치끼리 등을 맞대고 부대끼며 누워 있기도 하지만 이쪽은 저쪽의 사정을 짐작하지 못한다.

막 생성되는 고치, 고치들의 범람이다. 한 바구니에 담긴 '외로움의 공동체' 위로 따사로운 가을볕이 내리쬐는 모습을 그려본다.

홍순영

철탑 위 집은 위태롭다 까치 두 마리 비닐 천막으로 집을 지었다
철기둥 위로 일만 오천 볼트 특고압이 윙윙거리고 땅에서는 날아
오를 수 없어 철탑에 집을 지었다 높은 곳에서 내려다보면 다 같
은 새인데 하늘 한번 날지 못하는 새보다 못한 사람인데 하늘에
는 신이 있고, 땅에는 신을 만드는 사람이 있다 법은 만인 앞에 있
을 뿐이다 바람이 불면 집은 흔들린다 땅에서 모든 것은 흔들린
다 붉은 머리띠를 매고 주먹을 불끈 쥐면 세상이 흔들리고, 빌딩
이 흔들리고 누가 새 아닌 새라고 말할 수 있나 사람 아닌 사람이
라고 말할 수 있나 높은 데서 내려다보면 세상은 그 자리인데 세상
의 상처도 그대로인데 빌딩 밑 음지를 옮겨 집을 짓고 스스로 새
가 된 사람들 하늘을 날아 올라 새가 되어야만 새가 있다는 것을 안
다 부지런히 집을 짓는 새들 희망이 부활할 때까지 알을 품는 새들

공광규 1986년『동서문학』으로 작품 활동 시작. 시집으로『파주에게』
『담장을 허물다』, 산문집으로『맑은 슬픔』등 있음.

권미강 2011년『시에』에세이 부문 신인상으로 작품 활동 시작. 공저
로『예술밥 먹는 사람들』있음

권순자 1986년『포항문학』으로 작품 활동 시작. 시집으로『우목 횟
집』『검은 늪』『낭만적인 악수』『붉은 꽃에 대한 명상』『순례
자』『천개의 눈물』『Mother's Dawn』있음.

김경훈 1992년『통일문학 통일예술』로 작품 활동 시작. 시집으로『삼
돌이네집』『까마귀가 전하는 말』, 산문집『낭푼밥 공동체』등
있음.

김 림 2014년『시와문화』로 작품 활동 시작. 시집으로『꽃은 말고
뿌리를 다오』있음.

김 명 2009년『시선』으로 작품 활동 시작. 시집으로『로망을 찾아
서』『잠실역 1번 출구 버스 정류장』있음.

김명신 2009년『시로여는세상』으로 작품 활동 시작. 시집으로『고양
이 타르코프스키』있음.

김명은 2008년『시와시학』으로 작품 활동 시작. 시집으로『사이프러
스의 긴팔』있음.

김명철 2006년『실천문학』으로 작품 활동 시작. 시집으로『짧게, 카
운터펀치』『바람의 기원』있음.

김연종 2004년『문학과 경계』로 작품 활동 시작. 시집으로『극락강

역』『히스테리증 히포크라테스』, 산문집으로 『닥터 K를 위한 변주』 있음.

김 완 2009년 『시와시학』으로 작품 활동 시작. 시집으로 『그리운 풍경에는 원근법이 없다』 『너덜겅 편지』 등 있음.

김요아킴 2003년 『시의나라』, 2010년 『문학청춘』 신인상으로 작품 활동 시작. 시집으로 『왼손잡이 투수』 『행복한 목욕탕』 『그녀의 시모노세끼항』, 산문집으로 『야구, 21개의 생을 말하다』 등 있음.

김은경 2000년 『실천문학』 신인상으로 작품 활동 시작. 시집으로 『불량 젤리』 있음.

김이하 1989년 『동양문학』으로 작품 활동 시작. 시집으로 『내 가슴에서 날아간 UFO』 『타박타박』 『춘정, 火』 『눈물에 금이 갔다』 있음.

김자현 1994년 『문학과 의식』으로 작품 활동 시작. 시집으로 『화살과 달』 『앞치마 두른 당나귀』, 단편소설집 『이까르의 탄생』 장편 해양소설 『태양의 밀서』, 수필집 『혜화동썸머타임』 등이 있음.

김정원 2006년 『애지』로 작품 활동 시작. 시집으로 『줄탁』 『거룩한 바보』 『환대』 『국수는 내가 살게』 있음.

김진수 2007년 『불교문예』(시), 2011년 『경상일보』 신춘문예(시조)와 『현대시학』(시조)으로 작품 활동 시작. 시집으로 『좌광우도』 있음.

김채운 2010년 『시에』로 작품 활동 시작. 시집으로 『활어』 있음.

김형효 1997년 김규동 시인 추천 시집 『사람의 사막에서』로 작품 활동 시작. 시집으로 『사막에서 사랑을』, 산문집으로 『히말라야, 안나푸르나를 걷다』, 네팔어 시집으로 『하늘에 있는 바다의 노래』 등이 있음.

나해철 1982년 『동아일보』 신춘문예로 작품 활동 시작. 시집으로 『무등에 올라』 『동해일기』 『긴사랑』 『아름다운 손』 『꽃길 삼만리』 『영원한 죄 영원한 슬픔』 있음.

노태맹 1990년 『문예중앙』 신인상으로 작품 활동 시작. 시집으로 『유리에 가서 불탄다』 『푸른 염소를 부르다』 『벽암록을 불태우다』 있음.

맹문재 1991년 『문학정신』으로 작품 활동 시작. 시집으로 『먼 길을 움직인다』 『물고기에게 배우다』 『책이 무거운 이유』 『사과를 내밀다』 『기룬 어린 양들』 있음.

문계봉 1995년 『실천문학』으로 작품 활동 시작. 시집으로 『너무 늦은 연서』 있음.

문창길 1984년 『두레시』로 작품 활동 시작. 시집으로 『철길이 희망하는 것은』 있음.

박광배 1984년 시선집 『시여 무기여』로 작품 활동 시작. 시집으로 『나는 둥그런 게 좋다』 있음.

박구경 1996년 「하동포구 기행」 등으로 작품 활동 시작. 시집으로 『진료소가 있는 풍경』 『기차가 들어왔으면 좋겠다』 『국수를 닮은 이야기』 등이 있음.

박몽구 1977년 『대화』로 작품 활동 시작. 시집으로 『개리 카를 들으며』 『봉긋하게 부푼 빵』 『수종사 무료찻집』 『칼국수 이어폰』 등 있음.

박설희 2003년 『실천문학』으로 작품 활동 시작. 시집으로 『쪽문으로 드나드는 구름』 『꽃은 바퀴다』 있음.

박희호 1978년 『시문』으로 작품 활동 시작. 시집으로 『그늘』 『바람의 리허설』 『거리엔 지금 붉은 이슬이 탁본되고 있다』 『안녕에 대한 자화상』 있음.

성향숙 2008년 『시와 반시』로 작품 활동 시작. 시집으로 『엄마, 엄마들』 있음.

안주철 2002년 『창작과비평』으로 작품 활동 시작. 시집으로 『다음 생에 할 일들』 있음.

안학수 1993년 『대전일보』 신춘문예로 작품 활동 시작. 동시집으로 『부슬비 내리던 장날』 등 있음.

오민석 1990년 『한길문학』으로 작품 활동 시작. 1993년 『동아일보』 신춘문예(문학평론)으로 평론 활동 시작. 시집으로 『그리운 명륜여인숙』 『기차는 오늘 밤 멈추어 있는 것이 아니다』 문학이론연구서 『현대문학이론의 길잡이』 『정치적 비평의 미래를 위하여』 등 있음.

윤임수 1998년 『실천문학』으로 작품 활동 시작. 시집으로 『상처의 집』 『절반의 길』 있음.

유경희 2008년 『시로여는세상』으로 작품 활동 시작. 시집으로 『굴절을 읽다』 있음.

이영숙 1991년 『문학예술』로 작품 활동 시작. 시집으로 『시와 호박씨』 있음.

이진욱 2012년 『시산맥』으로 작품 활동 시작. 시집으로 『눈물을 두고 왔다』 있음.

이철경 2011년 『목포문학상』(시 평론), 2011년 『발견』으로 작품 활동 시작. 시집으로 『단 한 명뿐인 세상의 모든 그녀』 『죽은 사회의 시인들』 있음.

임성용 2002년 전태일문학상 수상으로 작품 활동 시작. 시집으로 『하늘공장』 『풀타임』 있음.

임재정 2009년 『진주신문』 가을문예로 작품 활동 시작. 시집으로 『내가 스패너를 버리거나 스패너가 나를 분해할 경우』 있음.

장연홍 2005년 『시와시학』으로 작품 활동 시작. 시집으로 『세상을 박음질하다』 있음.

장우원 2015년 『시와문화』로 작품 활동 시작. 시집으로 『나는 왜 천연기념물이 아닌가』 있음.

전비담 2013년 최치원신인문학상 수상으로 작품 활동 시작.

정세훈 1989년 『노동해방문학』으로 작품 활동 시작. 시집으로 『맑은 하늘을 보면』 『나는 죽어 저 하늘에 뿌려지지 말아라』 『부평 4공단 여공』 『몸의 중심』 등 있음.

정원도 1985년 『시인』으로 작품 활동 시작. 시집으로 『그리운 흙』 『귀뚜라미 생포 작전』, 동인 시집 『광화문 광장에서』 있음.

조기조 1994년 『실천문학』으로 작품 활동 시작. 시집으로 『낡은 기계』 『기름 미인』 있음.

조동범 2002년 『문학동네』 신인상으로 작품 활동 시작. 시집으로 『심야 배스킨라빈스 살인사건』 『카니발』 『금욕적인 사창가』, 산문집으로 『나는 속도에 탐닉한다』 등 있음.

조미희 2015년 『시인수첩』으로 작품 활동 시작.

조삼현 2008년 『우리시』로 작품 활동 시작. 시집으로 『어느 수인에게 보내는 편지』 등 있음.

조　정　2000년 『한국일보』 신춘문예로 작품 활동 시작. 시집으로 『이발소 그림처럼』, 장편동화 『너랑 나랑 평화랑』 있음.

천수호　2003년 『조선일보』 신춘문예로 작품 활동 시작. 시집 『아주 붉은 현기증』, 『우울은 허밍』 있음.

최기순　2001년 『실천문학』으로 작품 활동 시작. 시집으로 『음표들의 집』 있음.

최기종　1992년 '교육문예창작회'로 작품 활동 시작. 시집으로 『나무 위의 여자』 『학교에는 고래가 산다』 있음.

최세라　2011년 『시와 반시』로 작품 활동 시작. 시집으로 『복화술사의 거리』 있음.

최호일　2009년 『현대시학』으로 작품 활동 시작. 시집으로 『바나나의 웃음』 있음.

한우진　2005년 『시인세계』로 작품 활동 시작. 시집으로 『까마귀의 껍질』 『이케카미세이멘쇼』 있음.

홍순영　2011년 『시인동네』로 작품 활동 시작. 시집으로 『우산을 새라고 불러보는 정류장의 오후』 『오늘까지만 함께 걸어갈』 있음.

푸른사상 시선은 계속 발간됩니다.

분단시대 동인 30주년 기념 시집

광화문 광장에서

**김성장 김용락 김윤현 김응교 김종인 김창규
김희식 도종환 배창환 정대호 정원도**

1980년대 독재정권의 탄압 속에 민중의 희망을
노래한 〈분단시대〉 동인들의 발자취.

세월호 3주기 추모 시집

꽃으로 돌아오라

한국작가회의 자유실천위원회

시인들은 그날의 기억과 3년의 기다림을 품고,
상처투성이의 선체 밑으로 가라앉은 진실이 밝혀
지기를 희망한다.

촛불혁명 1주년 기념 시집

길은 어느새 광화문

한국작가회의 자유실천위원회

전 세계가 주목한 촛불혁명. 역사의 한복판에서
감동을 함께한 시인들은 아직 촛불을 내릴 때가
아니라고 노래한다.

반구대 암각화

한반도 최초의 시집,
반구대 암각화를 노래하며

국보 295호로 지정된 반구대 암각화.
침수를 반복하면서 점점 풍화되어가는
이 소중한 인류 유산을 시인들이 뜻을 모아
『반구대 암각화』로 노래 부르다.

백무산 · 임윤 · 맹문재 엮음

반구대 암각화의 보존은 매우 필요하다. 반구대 암각화는 인류문화의 기원을
알려주는 희소한 유적일 뿐만 아니라 현대인이 어떻게 살아가야 하는지를 알
려주는 거울이기 때문이다. 선사시대의 인류들이 사냥하는 모습은 인간의 삶
이 얼마나 힘든가를 보여주는 동시에 인간의 삶이 얼마나 가치 있고 위대한지
도 알려준다. 인간은 아무리 위험하고 어려운 상황에 처해 있다고 할지라도 극
복하는 존재라는 사실을 일깨워주는 것이다.

— 맹문재(문학평론가, 안양대 교수)

https://www.facebook.com/prunsasang   http://blog.naver.com/prunsasang   http://www.prun21c.com